— "幻想"是青春期的重要组成部分,

— 甚至真实的恋爱,

— 也是幻想。

— 爱情永远不全是我们看到的样子,

— 我们只拥有某个角度而已。

○

青春期

Young & Clueless

赵赵 著

中国青年出版社

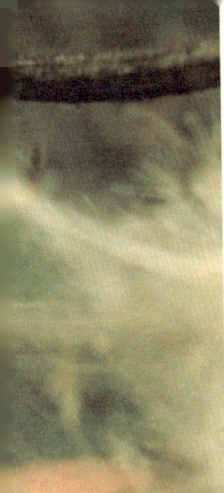

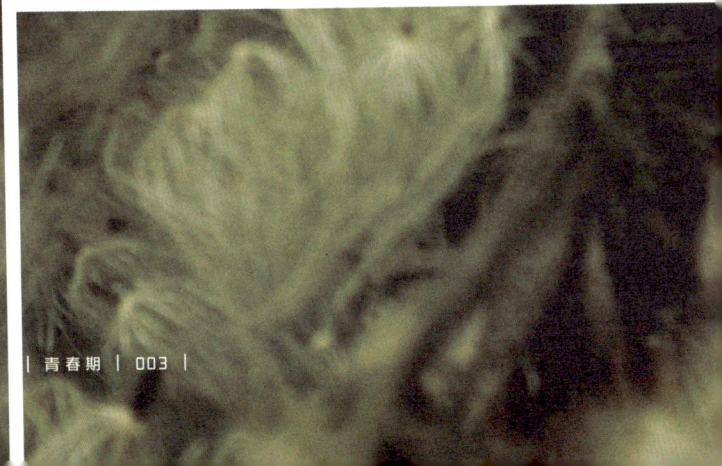

—　　在青春期，

—　　我一直很自信地以为会坚持爱对方到老，

—　　即使他离开我，

—　　我也会爱这个创口到老。

—　　他不地久天长，

—　　我一个人来。

—　　但后来翻看那时的日记，

—　　发现事实并不是那样。

梦很重要。不爱说话的青春期，梦是我的窗口。回忆是真的么？是真的事？还是真的梦？到今天，我仍不认

为睡觉做梦是一种休息，那是我的另一个人生。

我的青春期 　赵 赵

二十年前，我们中的大多数人一周只能洗一次澡，利用周末的时间。古城中学的东侧正是我们这片儿最大的澡堂子，每周至少要路过一次，这是我对它最早的印象。

古城中学只是"普高"，在整个石景山区的高中里排第四。初中我念的是此地唯一的市重点，在那里度过了学生时代最压抑的三年。所以虽然别人不好意思在我面前提到念"古中"算是一种沦落，但我自己非常坦然。我几乎是从踏入它的校门起就有一种直觉——将有可能接近快乐了。

"古中"的教学楼很像我想象中的教学楼。之前我都是在平房里念书，所以喜欢长长无人的楼道，觉得这才有读书的气质，那些年我最喜欢的劳动就是拖楼道，使劲儿闻着尘土与水混合的泥味儿。我的功课由倒数变成了正数，由一个落后生变成了随便学学也能考得过得去的好学生。初中三年我只有三个朋友，但在这里交到了四五个，这是很大的进步。

那时我瘦削沉默，大多数时间用来看课外书，对爱情有很多憧憬。

女性在青春期的审美，大多喜欢阳光运动型的男孩。一年后我的初恋开始。男孩是学生会体育部的，黝黑，体育健将。我一直以为他比我高一年级，以为那样的恋爱比较理想，后来才发现竟不是。

赵赵高中毕业照。

十个月后我们分手。一度不来往，后来又来往，后来又不来往了。中间有些痛苦的思路：想显得大方，就理了；实在大方不下去，就又不理了。最后他对我说，希望有一天你会写我们的故事。

我心里说：想得美。

《青春期》大部分的校园戏是在"古中"拍的。除了操场变成塑胶的，围墙上画了些飞跃的小人儿，就没什么变化。塑胶地是绿色的，跑道是红色的。再不会有巨大的龟裂的纹，夏天再不会从裂纹里疯长出野草。我每次回想初恋，脑海里都会出现那些纹，暴晒的阳光，在操场上接吻，也许是在某片阴影里，也许就站在那些纹路上，记不清了。那样闪亮的天色下，学校里竟然没有人。奇怪。

一进学校大门正对着的那匹白马雕塑仍在。也许是象征骑上知识的骏马一路狂奔的意思，而我肯定在潜意识里当成在这儿可以找到白马王子……

我们的教室在三楼。每周集体向左挪一行。挪到窗边的时候难免会向外看，可惜现在最下面那排窗户被换成毛玻璃。窗外的白杨树很高，冬天我总是痴痴地看着没有叶子的树枝，看着为它衬底的粉红色的夕阳，觉得自己开始有了审美。新年的时候在校门口的小摊上扒拉着，希望可以找到一张类似风景的贺年卡，送人，或者想象别人送给自己。

《青春期》并不仅是故事，里面更多的是某种情绪，还有我的想象。浦蒲那个故事，就是在想象中发生。"幻想"是青春期的重要组成部分，甚至真实的恋爱，也是幻想。爱情永远不全是我们看到的样子，我们只拥有某个角度而已。

初恋开始在夏天。他会在公共浴室外面等，我飞快地洗完澡，头发不及擦干就奔出来。仍记得水珠落在肩上的扑湿的触感。我总想我是穿着粉色的衣服，但也确切地记得在青春期里我就没穿过令人心情愉快的颜色。

初恋失败后我对颜色更加偏执，基本上只选黑

白两色，以此表达我是很痛苦的。一次在街上看见初恋男友后来喜欢的女孩，她穿着蓝白横道的宽大衬衫配同样肥大的七分裤，在商场前耐心地锁自行车。我隔着车水马龙定定地看着她直到她抬头看见我，她皮肤很白，头发很黄，眼睛黑冷冷的。那一刻我突然自卑下去，为自己为什么没有别人的坦然。

在青春期，我一直很自信地以为会坚持爱对方到老，即使他离开我，我也会爱这个创口到老。他不地久天长，我一个人来。但后来翻看那时的日记，发现事实并不是那样。

梦很重要。不爱说话的青春期，梦是我的窗口。回忆是真的吗？是真的事？还是真的梦？到今天，我仍不认为睡觉做梦是一种休息，那是我的另一个人生。

搬家的时候翻出几个大纸盒，基本上就是《光阴的故事》的歌词画面版：发黄的相片古老的信以及退色的圣诞卡……有一沓白色的手工制作的信封，窄窄的，没有贴邮票，都是直接放在我家信箱里。信封上我的名字小小的，用黑色的钢笔水，稚拙的艺术体非常趣致。收到这样的信的我，想必也是非常珍惜的吧，所有的信都像没有打开过，用剪子非常仔细地在一侧剪一条笔直的极窄的口子，看上去完好无损。信里也没写什么，听了某首歌看了某个电影书里的某句话那一刻天空中云朵的形状最近觉多觉少你周末在不在家……一共21个白信封。是一个女孩子写来的。

我对友情一向没有意识，从来没有主动交过朋友。我以为朋友就是可以随时随地耐心听彼此说话的人，却没有想过还能做别的什么。没有爱情的日子里，我拉朋友陪着把恋爱时走过的路一遍遍自虐地重新走过，我只是需要身边有个人，我一个人会害怕。对于朋友的感情，我却总是持粗暴批判的态度。我很少为友情感动，心思都放在异性身上。现在回头，记得住恋人说的话，却不能记得他们的样子；记不得朋友说的话，却记得她们一直在我身边。

如果爱情的了断可把责任推给对方，而友情的结束却是我不懂得用心经营。可能在我的生活中始终是异性比较少，所以会觉得珍贵，而同性不是要多少有多少么。我被友情伤害过吗？又用友情伤害过别人吗？我一直以为朋友之间是不会存在伤害的，只有爱情能伤我，而友情到底是什么？

那年中秋，那个女孩坐在我窗下的铁栏杆上，和我聊到不知几点钟，直到我妈推开窗叫我回去。那是我第一次感受到逼近的友情，感受到友情中的宠爱。我喜欢却又紧张这种感觉，但我不懂得为别人制造。也许我懂，但我不敢，我怕被拒绝。我害怕热情满腔却戛然而止。印象最深是初中的时候，最好的朋友把我仰面推倒在地，然后她就笑了，我也笑了，站起来拍拍衣服。拍掉的不只是尘土。

《青春期》里的两个女孩，真的就是两个女孩吗？A型和B型，黏液质和多血质，也许是阴影里的自己，和阳光下的自己，AB型的自己。

女孩子之间的友情，也有醋意。会为和另一个女孩走得近而不高兴，我从来不解，也不分辩，觉得是荒唐的事。只有在青春期里才会发生的事。

在东京电影节上有观众提问：为什么《青春期》这部电影没有写年轻人与父母的代沟问题。唐大年说，因为这部电影不是写这个的。

当时我笑了，为这样问和这样答。但现在想，为什么？

因为我的青春期里，亲情是被回避的。

当无法解决问题的时候，我的态度就是回避。青春期，开始建立世界观，自我意识觉醒，第一次对从前认为绝对不可质疑的父母产生了质疑。争吵是没有用的，因为在家里还没有话语权，几次愤懑后，沉默成了唯一可做的事情。

我不知道随着岁月的流逝，是他们变得糊涂

了，还是我变得聪明了。也许总有一天，我最终会变成他们。

因此，《青春期》里，只有青春，没有青春与成年的对峙。

回到"古中"拍戏，并不是感动，而是感慨。物隐约是，人却全非。当年曾给我们代课的生物老师成了校长，一个你记得的人茫然地看着你，互相客气地笑着。

那几天我几乎天天都会去探班，不是因为亲切感或有回忆，而是一种不好意思不去的心态。《青春期》校园的设置就是按照"古中"来的，楼梯的转角、校门口的信箱、双杠、自行车棚……当然，导演并没有全部呈献这些细节，一切只为可能实现性服务。

青春期的那些日子里，站在操场上，会想到二十年后的今天又站在这里吗？我又站在了这里，看着远处剧组的工作人员在忙碌，很想告诉初恋的男朋友：这是我们的故事，但这不是你我的故事。

青春期应该截止在什么年纪？三十岁吧。三十岁之前我们所做的只是寻找三十岁后的方向。影片的英文名叫《YOUNG & CLUELESS》，从字面上翻译是"年轻和茫然"。《青春期》的后半部，所有人走入社会，再次相遇，擦身而过或再次伤害，都是茫然着一张脸，在偌大的城市中起伏，最终淹没。有梦就会有梦醒，青春期也许结束在梦境揭盅的一刻。原来我们都不过是平凡的生命，在永恒面前，我们……没有我们。Everything is nothing. 殊途同归。

这就是青春期语境。

再见。

—— 孤独地跳啊跳，背跃，摔在垫子上……

夏天。
……
所有的人都是倒着的。
……

亦欢

セセ

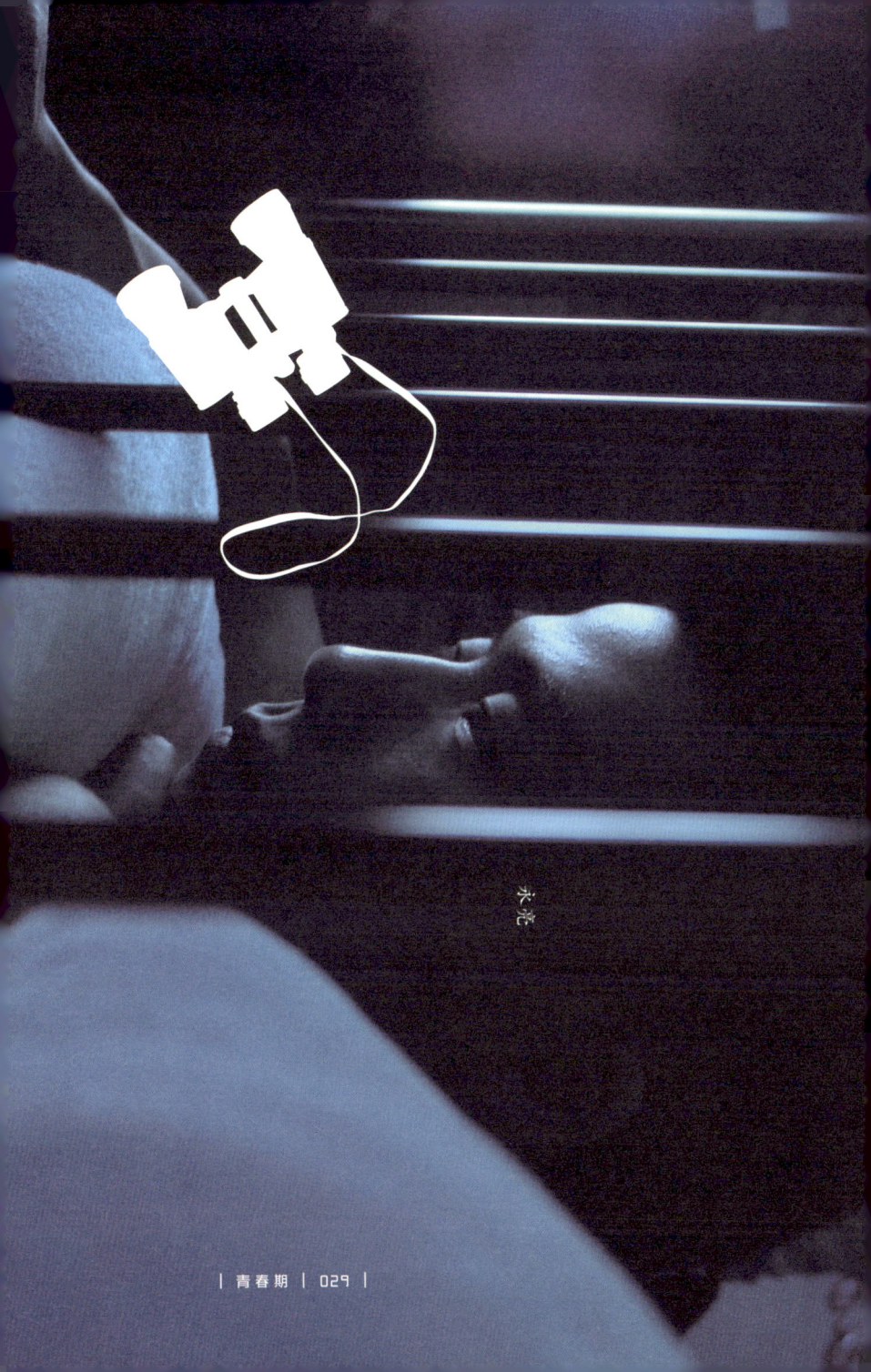

永远

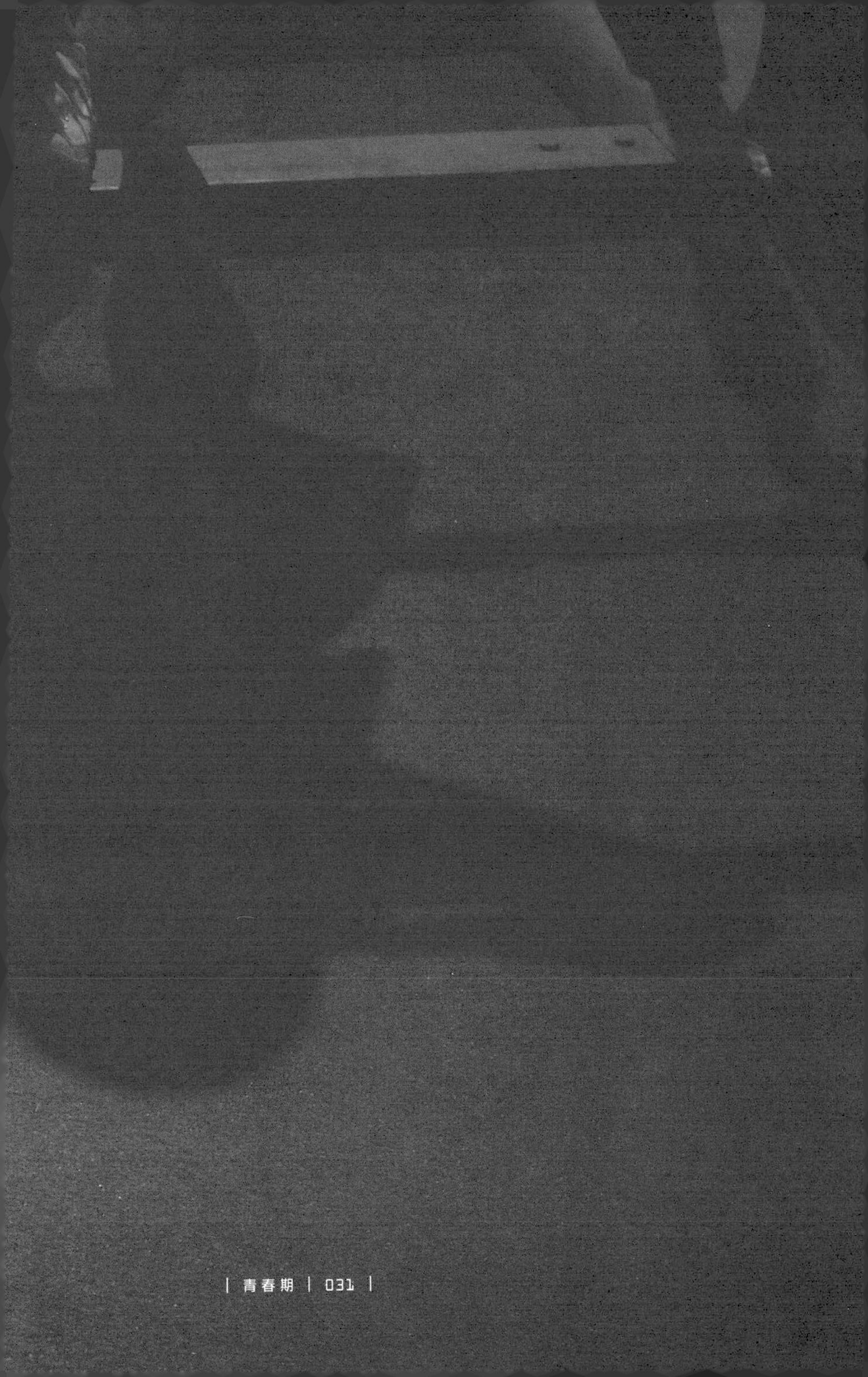

七七想起什么，也嘻嘻笑了："你上辈子一定是蝙蝠。"

数到"三"的时候，旁边溜达的喜竟也面冲镜头，微笑起来。

七七站在月台上，捧着一本星相书看。

永亮偷偷看了一眼七七手里的书，是一本《麻衣神相与星宿故事》。

两个人一直走着，像是要沉默地走到沉默的夕阳里去。

那时的喜还很纯情，她以为，一切就这样地老天荒了。

七七："你说，考大学是为了什么？"

喜："为了离开。"

这是我们的故事，但这不是你我的故事

———

———

———

———

———

———

夏天。

喜和七七头冲下吊在单杠上看着操场。喜笑，但因为头冲下，从正面看上去，她的嘴角是撇着的，像哭。

所有的人都是倒着的。

有人在倒着打篮球，表情严肃的老师倒着佝偻着腰抱着讲义匆匆走过，一些人倒着拿大扫帚扫操场，并绕过头顶上的一摊积水……

七七终于扛不住了，抓住单杠，翻坐上去。她很白，白得透明，所以显得脸上的小痣清晰可见，她脸上有很多小痣。

有些女孩子愿意做朋友中主导那个，七七不会，她总把沉默寡言的喜推到前面。

"你头不晕吗？"

喜没看她，摇摇头。

七七十分纳闷："不涨吗？"

喜仍然摇摇头。

七七想起什么，也嘻嘻笑了："你上辈子一定是蝙蝠。"

喜不理她，仍然看着远处。七七顺着她的视线看过去，看见高中三年级的冯亦欢一个人在操场的一角，孤独地跳啊跳，背跃，摔在垫子上。杆掉了，他伸手去搭上，再踱回原位，慢慢起跑，加速，跳，摔倒在海绵垫上。

亦欢很瘦，高，一副面无表情、目不斜视的样子。

他旁边有几个女孩很明显也是在看他，不停地交头接耳，一脸掩饰不住的喜悦，为他跳过去而高兴，为他跳不过去而发出遗憾的叹息，唧唧喳喳，十分烦人。

但冯亦欢眼里没有任何人。

七七看了看喜，想着这两个人要是凑成一对倒也不错，一个看不见人，一个不跟人说话。七七和喜的相处永远是她在发问，而喜只负责点头或摇头。

"他知道你喜欢他吗？"

喜又摇摇头。

七七叹了口气："好歹要给他知道吧？"她从杠上跳下来，跳到喜身边，把头向下扎，假发似的浓发散开了一点点，不那么像钢盔了。

"你就是因为总这么倒吊着，所以把脑子吊坏了……哎，说个绕口令：墙上有把刀刀倒吊着。"

喜消化了一下，试着说出来："墙上有把刀刀掉掉着……"

伶牙俐齿的七七哈哈大笑起来。

喜敏捷地在杠上翻了一圈，下来，傻笑地撞了七七一下，显摆："不晕。"

七七也笑起来："傻瓜，还不晕？"

两人不为什么特别可笑的事就笑成一团。喜努力想把绕口令说好："墙上有把刀刀掉掉着……"

是雨后那种好天气，阳光极其透亮。操场上一片宁静恬谧的气氛。远处的亦欢开始收杆，叠海绵垫子，旁边那些窥伺的女孩像是见到肉的狼群，一拥而上。

"亦欢亦欢，我帮你。"

"我帮你抬垫子。"

"这个给我吧。"

亦欢也没去抢，也不言谢，拎着包慢吞吞地往教学楼里走。

喜停止了和七七的调笑，专注地盯着他即将进入黑暗楼道的背影。

就在冯亦欢要消失在楼道前的一刻，他突然转过身，仿若无意识地往双杠的方向随便地看了那么一眼。

就那么一眼，却被喜和七七看得明明白白。

他显然是装得很无意很随便。装的。

虽然隔着半个操场的距离，她们仍然感受到那种注视，很装，很装很装。

亦欢和喜面无表情的目光交接了。

这样隔着操场的一望，原本可能也望不出什么。

然后，亦欢面无表情地进了楼道。甩下了那群正在忙乎地替他拉器械的女孩。

亦欢身影消失在楼道黑影后的两秒钟，喜突然攥紧拳头，像是赢得什么胜利似的做出得意的姿势，脸上的五官挤成一团，发出"ＹＥＡＨ——"的一声。那声音不是很大，很克制，小心地，怕给七七之外的人偷听到她的喜悦似的。

七七洞悉地陪着她笑，帮她把内心的话惊喜地说出来："他知道——！"

喜不说话，只是笑，然后向教学楼的另一个入口跑了过去。

笑声零落地飘回到双杠的位置。

其实喜知道他知道。

—

—

—

永亮老远就听见喜和七七的笑声，只见两人打闹着冲上三楼，她们发育都很成熟，宛如两个智障成年人在做着无聊的儿童动作。

永亮戴个旧旧的黄边眼镜，是那种很得老师宠的小老头儿似的班干部。看见七七，他眼睛一亮，迎上去自信地打招呼。

"嗨，七七。"

总是笑嘻嘻的七七突然就绷起了脸，轻不可闻地"嗯"了一声，迅速绕开。

永亮有点失望，回头看着她俩走远。脸慢慢虚掉了。

喜回头看着永亮，又看着七七笑。七七不回头，脸上的表情是很骄傲的。她不喜欢所有"眼镜男"，何况是老师喜欢的"眼镜男"，那简直是天生给她唾弃的。

喜曾经说起某次看见永亮在水管子那洗脸，摘掉眼镜的样子还是可以看的，但七七的反应只是一甩头，"切"了一声。

———

———

———

古城中学离喜家不远，往右拐两个弯，过了超市就到了。她和七七正混在放学的人流中看着各自的脚慢慢走着，亦欢骑着自行车悄然出现在身后。他不疾不徐地跟着，手插在兜里，有股土帅土帅的劲儿。

七七首先感到有异，回头，眼睛一亮，捅捅喜。喜回头看见，一愣，脸马上红了，迅速回过头来。

七七笑着小声问："跟你的吧？"喜紧张地慌乱地摇头，推脱责任似的："不知道。"

两人加快了步伐。但亦欢的车速也快了起来，却始终和她们保持一定的距离。这让喜又得意又紧张，毕竟冯亦欢两年来只跟过她们。

但转瞬间她反而不太自信了——亦欢会不会跟的是七七呢？

到超市门口，七七和喜道别，亦欢就停在那里看着两人煞有介事的样子。

喜只好闷头狂走，边走边微微地斜身用余光瞄着，当瞄到亦欢的车轱辘跟在自己身后，她的脸又涨红了。两人就这样一前一后地行进着，始终保持着一个暧昧的距离。

喜走到家门前，头也不回地进了楼道。那样子像是一头扎进了楼道。亦欢抬头看了看楼外墙上贴的标识楼号，掉转车头，优哉游哉地骑走了。

当他拐过超市前的弯后，喜才从黑黑的楼道里慢慢探出头来，翻翻白眼，心里暗骂冯亦欢耍什么酷呢？上来打个招呼会死吗？

—

—

—

亦欢在操场上拍毕业合影的时候，并不知道三楼的某个窗户前，喜只顾着看他而无心继续考试。

他和其他同学一起摆了一排桌子一排椅子，可这种时候，还有女同学上来帮他的忙，他快要烦死了。

七七答完卷子，一派得意扬扬地把笔一扔，伸伸懒腰。看着窗边的喜，有点纳闷，她在看什么看得全神贯注。

身后的永亮急眼了。咳嗽。七七听见，收回视线看他。永亮挤眉弄眼，七七觉得这病人病得更重了。

永亮翻过卷子，指指。七七也翻过来，才发现后面还有一道大答题。吓出一身冷汗，吐吐舌头。

永亮放下心来，低头继续答题，却听见窗边有动静，喜竟起身交卷了。

喜把卷子放到讲台上，一溜儿小跑出了门。七七一脸错愕，直想看看她是不是也漏看了题。

——

——

——

亦欢是班上最高的，所以站在最后一排队伍的正中间，第二排男女混杂，前排中间坐的全是各科的老师，两边点缀着几个受宠的女生。

摄影师多余地指点着他们要笑，要喊"茄子"。

这时，不易察觉地，喜的身影出现在摄影师的镜头一角。她站得很靠后，很远，因此在镜头里显得极小，摄影师并没注意到。

"准备好了啊—— 一 —— 二 —— "

大家已经开始笑了，只有亦欢惯性地皱着眉头。

喜在后面假装若无其事地踱着步子。没有人看见她。

摄影师低下头去："三。"

咔嚓一下，画面定格。

"三"的时候，旁边溜达的喜竟也面冲镜头，微笑起来。

她的笑容也被永远地定格在这张照片里了。

一

一

一

冯亦欢一看到照片就罕见地笑了。他喜欢这个木讷的女孩玩的小把戏。他想也该约她出来了。

一

一

一

七七站在月台上，捧着一本星相书看。她把脚摆成各种姿势，内八，外八，丁字步……自己跟自己玩着。

一双球鞋脚停在她旁边。

她抬头，看见是永亮，笑笑，合上书，放到背后。永亮也笑："为什么那么粗心？"

"我总是这样的。"

黑暗的隧道里有隐约的灯光，趁七七望着地铁来的方向，永亮偷偷看了一眼七七手里的书，是一本《麻衣神相与星宿故事》。

等车的乘客往黄线边涌来，坐在椅子上等的人也站起了身。永亮跟在七七身后上了车，人群将他们挤得很近，他看见七七脖梗上的淡淡茸毛，心跳马上快了。

—

—

—

在另一节地铁车厢里，喜局促地坐着，不敢抬头，左顾右盼的窃喜眼神却出卖了她。

因为她旁边坐的是冯亦欢。

偶尔，他会扭头看她一眼，用有点好奇的目光。他觉得她是好玩的。

喜的余光感受到他的注视，脸渐渐地红，却装做看不到。

亦欢看着对面的玻璃窗，两个黑糊糊的影子的脸上，仿佛可以看到隐约的笑意。

—

—

—

亦欢找到那处废弃的铁道时，天色已是黄昏。

喜手里拿着铁路边长着的芦苇花。她在一侧铁轨上面努力保持平衡地走着。亦欢在旁边的枕木上亦步亦趋。两个人像是要沉默地走到沉默的夕阳里去。

突然，喜从铁轨上跳到枕木上，跳在亦欢面前。

"怎么了？"

喜想了想，慢半拍似的答："走不动了。"

两人就向着夕阳的方向，坐在铁轨上。大概过了两分钟，或者五分钟，或者更长，亦欢若无其事地搂住喜的肩膀。

喜顿时一僵，手里的芦花放也不是，晃也不是，只好干巴巴地举着，等着亦欢的下文。

但亦欢没下文，只是搂着她，脸都没转过来看她。

喜就只好举着，一动不动，直到好久后，他又把她的头用力揽在自己下巴上。

喜的姿势极怪异，歪着头。看得出她对这个姿势并不感到舒服，但她不动，不敢动也动不了。芦花僵硬地攥在右手里，有点可笑的。

亦欢又滲了会儿，才歪过头看她，看她可怜巴巴地眨着眼，不知道他要干吗但异常地配合，亦欢就笑了。

她看见他笑，放心了，也笑了。

亦欢缓缓地探过脸去，吻她的唇。喜在亦欢怀里如同一块儿生铁，僵硬到硌手的地步，她不会接吻，只得紧紧闭着嘴，眼睛乱转着。

她看见亦欢闭着眼，好像很陶醉。喜的小脑袋里用力地想着：这是我的初吻，我是他的，他是我的，从此我们将在一起度过幸福的一生。

那时她并不知道，初吻的人，当然不会是生命中最重要的人，不要说初吻，就算是初夜，又能怎样？

那时的亦欢是怎么样的，我不知道，因为我不是亦欢，但我有可能是喜。

那时的喜还纯情，她以为，一切就这样地老天荒了。

—

—

—

亦欢很快毕业走了，每周喜都会在传达室收到他亲手叠的白白的大信封，那时还无须用标准信封，所以这些信得以安全地寄到喜手里，那些信她一直保存着，她一共有二十一个这样的信封，然后，一切结束了。

亦欢并没有通知她结束，但所谓可怕的直觉在连续三周未收到信后告诉她，结束了。喜不会主动问，也不是不想，而是不知道怎么问。去他家里？有父母在，多不合适。写信？之前那封他一直没回。她自欺欺人地想，这样不明不白地拖着，如果有一天亦欢重新回头找她，她也可以坦然接受，就当那一段真空的日子是他太忙了吧，新学校，新同学，忙一点也是难免的。

但七七说："你们俩不合适，真的，你们俩的星座和血型都不合适。"

喜不理她，她不用人提醒，她自己比谁都更早地用一切算命方法测算过未来了。面对五花八门的答案，她明白，在一起，或不在一起，都不是她说了算的。

她养成目不斜视地从信箱前走过的习惯。

过去之后，又会停下脚步，原地回头看一眼，在周围没什么人的情况下。

确实是空的，再木无表情地走过。

——

——

——

离高考还有半个月，又到了夏天，这个夏天多雨，喜坐在窗对面的床上，漫不经心地看书复习。她只觉得那个背跃的身影在书本里跳来跳去，她的心情烦躁起来，一把把书扔到一边，抬起头看着窗外发呆。

对面街边有一排树。

也就是下一秒，她就看见亦欢搂着一个女孩打着伞经过。

她张大了嘴，怀疑眼花，迅速爬到床靠窗的那一头。

　　第一眼不会认错，第二眼第三眼就也不会。

　　亦欢有了些变化，说不上来，是大学生的得意劲头？不知道。

　　他撑着一把透明的伞，另一只手亲热地搭着女孩的肩膀，指着喜的窗，不知在讲什么，笑嘻嘻地。那分明是他，是他的五官，是他的样子，但不是他的表情，和喜在一起的冯亦欢从来是把不苟言笑当乐趣的。

　　女孩穿了一身粉色的衣服，在这个阴雨天，看上去很娇柔美丽。

　　喜呆呆地看了一会儿，突然想到亦欢也许会在给女孩沿途讲解的时候看到窗里的自己，她迅速躺倒在床上，以一个因为迅雷不及掩耳所以无法找到舒适的姿势的姿势。

　　那姿势太可笑了，与手举芦花接吻可有一拼。

窗外的亦欢已经走过去了。但喜看不到，在她的角度，只看见桌角花瓶里的芦花。

她脸上眼泪开始四处奔流，呆滞但放肆。

一

一

一

那晚兼职神婆七七帮她用塔罗牌算了命，说出一个不知是喜是悲的消息——她将被亦欢抛弃……

哭得眼有点肿的喜鼻子囔囔地说："我已经被他抛弃了。"

七七极不忍心地抬头看着她说："……两次。"

一

一

一

世界一夕之间坍塌下来，喜没有经受过如斯痛苦，完全不知所措。从那天开始，她频频做着同一个梦。

她相信了伍子胥一夜白头的故事，只一夜，她的黑发变做枯黄，人瘦了两圈儿，并皮肤晦暗。

悲痛之余没有忘记仔细地观察生活，觉得人真是脆弱的动物。白天在学校里，七七很呵护她，喜自觉不能对不起关怀，但到吃饭时，仍每每无缘无故对着饭粒儿鼻子一酸，无语凝噎。

白天不快乐的生活，反映到夜晚不快乐的梦境。

那个梦没有什么情节，但很恐怖。

喜梦见自己在黑暗里。黑暗多可怕，因为无法了解黑暗中有什么，可能面对面就是一头狼，一个变态杀手。没有比未知更可怕的东西。她哭起来。

然后就哭醒了。

眼角流出一行泪，向枕头上流去。

她并没擦，侧侧身，把头转向另一侧。

那些眼泪因为她的转头，所以慢慢流回她的眼睛里。

她看到朝阳把纱窗的纹路细细打在墙上，想：

生活还是好的。

但是连续做起这个梦后，她警惕起来。

再次身处此梦中，她开始在黑暗中摸索，但徒劳。黑暗的延续能是什么？还不是黑暗。

她在黑暗中跌跌撞撞。

第三次，她在梦中意识到，这片黑暗是笔直的，并不宽，她的手曾触到两侧冰冷的墙，因无法掌握力度，还杵痛了手指。

醒来想：夜里一定伸手去摸床边的墙了。

白天和七七倾诉，七七想了一会儿，忽然一脸自信地笑了："所以我研究星相啊，星座啊，血型命理啊，解梦啊……你知道为什么？"

不待喜回答，她又抢着说："我脾气急，所以我要提前知道谜底。所有的事情都提前知道，做一个对命运有所准备的人，就不害怕了……你不信啊？"

喜想了想："我也不知道。"

—

—

—

模拟考试的成绩一次不如一次，试卷发下来，喜觉得满纸都是冯亦欢的名字。

那时她开始暗发毒誓：绝不在同学里找男友，将来如果工作，也绝不在办公室里找男友。兔子不吃窝边草，吃多少就会以几倍的鲜血为代价吐回来。

而那个黑暗的梦，隔一阵就会去骚扰她。

慢慢她不会觉得意外，因梦的进展很慢。每次都是不停地在一条路上摸来摸去，但她仍在梦里哭泣，常常会蹲在黑暗中想冯亦欢已不爱我，我还误入这么个鬼地方，为什么如此命苦?

—

—

—

一次，她在黑梦里跌了一跤。

她一直以为黑暗里的路是平的，那天稍转身，大概是拐了个弯，竟一脚踏空。

坐在地上，喜以脚向下探索，一级一级，天，是楼梯。

到底是什么地方？喜又哭起来。

—

—

—

据说每年高考都会下雨。憋的。

高考前一天，黑梦有了新进展。

喜努力小心翼翼抓紧扶手下了楼。每一段楼梯都有十几级，这应是座大房子，不是普通民宅。

—

—

—

第二天果然天阴，考着考着大雨瓢泼。

喜答得很快，然后看窗外一片白茫茫雨柱，

想：人生不过如此，被时间逼迫着向前走，没地儿躲没地儿藏的，不想面对迟早也要面对，然后也就匆忙间把该干的都干了，哪儿有那么多前铺后设。

让暴风雨来得更猛烈些吧！！！

—

—

—

考完最后一门，大家忙不迭散去，只有七七和喜并肩在窗前看着外面的雨。喜看上去非常平静，谁会知道她在夜晚的梦境里是那么歇斯底里。因为这样的梦，喜常常想，每个人都可能有不为人知的隐秘的角落，也许大家都是疯子。

有女生在雨里狂跑，尖叫，真的疯了似的。有男生在大雨里把教科书扔了，把一堆复习试卷撕碎，嗷嗷乱吼着。他们都在歇斯底里地发泄。

七七和喜十分专注地看着他们，似乎在看什么好玩的东西。

"你说，考大学是为了什么？"

喜看着雨里那个疯了的女生，半天，有老师过去追着那个撕试卷的男生满操场跑，有点滑稽相。

喜答："为了离开。"

雨越下越大了。

"还做那个梦吗？"

喜一脸疑惑地点了点头："我要不要看心理医生？"

七七很夸张地说："他们自己就是病人！"

说完她觉得自己这句话怪聪明的，嘎嘎烂笑起来："我帮你看吧，为了治你的病，我双管齐下，左眼学习弗洛伊德右眼研究《周公解梦》。"

喜觉得七七的样子有点可笑，但也明白她的善意，失恋后她第一次冲七七笑了。

七七很欣喜："咦？会笑啦？……你别急，慢慢做这个梦，我学会了就帮你解。"

喜脸上的笑变成取笑："你为了当巫婆，就咒我一直做这个梦？"

"没有啊……"七七狠狠拍了她一下。

喜突然小声说："咱们再也回不去了。"

这话触动了七七，傻笑的脸慢慢地收了回去："嗯，再也不能上中学了……你现在最想干什么？"

喜略微踟蹰了一下，才说："买双高跟鞋穿穿。"

——

——

——

七七皱着眉头嫌弃着那双恶俗的高跟鞋："你以为穿上这样的高跟鞋，你就是大人了吗？"

喜不理她，把鞋上的商标撕了，原来的鞋就扔在一边，深一脚浅一脚地往外走着。

七七连忙赶上："我一穿高跟鞋就不会走道儿，老崴脚，你不会吗？"

"这就是我梦里穿的那双。"喜头也不回。

—

—

—

那天晚上的梦里，喜坐在地上，摸了一会儿那双白天新买的高跟鞋，站了起来。她伸脚往下试探，发现是楼梯。

她试着往下走去。是楼梯，还有拐角。

拐角之后，又是一处拐角，她继续往下走着。

高跟鞋发出的空洞的笃笃声在回响着。

她走向更黑暗的地方。

—

—

—

高考结束后，喜和七七跟同学到大连玩。喜想：换个地方睡觉，也许就不会再有那个黑梦。白天已头头撞到黑，梦里仍伸手不见五指，太残酷了。

但它仍在，并每一次都会有小小进展。喜摸到楼下，走，摸到门的扶手，如何用力也拉不开。

隔几夜，发现走廊两侧都有锁得紧紧的门。

喜不再与任何人提起，包括七七，因为她全然不明白是怎么回事。她怕跟旁人说了，他们的想象更可怖。这样的事讲出来，绝不是轻描淡写那么简单。

白天混着玩，很累。海边挺美。

七七给她拍了很多照片，喜穿白衣白裤，双手插进裤兜，长发被海风吹上天。任怎样失恋，心里还是极为自恋的。她不明白为什么冯亦欢舍她而取别人？

—

—

—

永亮觉得不趁这次大连之行向七七表白，恐怕就再也没有机会了。她那样不羁的女孩，如果考到了外地，他真的就永远失去她了。

所以他总跟在她身后，像她的影子，期待一天的某一时刻，会有重叠的机会。

直到那天夜里，七七喝多了，拎着酒瓶子对着大海喊。

"我……要……爱……人……"

永亮在她身后呆呆地看着，海浪不知疲惫地发出单调而有节奏的声响。那一刻七七显得极为动人。

永亮鼓足勇气，走上来想说什么，突然七七又往大海的方向跑了几步。

"大……海……我……叫……七……七……听……见……了……吗？一二三四五六七的七……记……住……啊……谢谢。"

最后的"谢谢"恢复了正常的音调，非常平静。永亮被吓呆了："你怎么了七七？"

七七回过头来，一脸诧异："没事啊。"

"你喊的是什么啊？"

七七笑："我怕大海不知道是我要爱人，我要它记住我，不要把该给我的爱人给别人了。"

永亮看着她，突然就觉得自己矮了下去，他的自信心一下子就塌掉了。

—

—

—

返京前的那晚在沙滩上，星空下，七七突然说："这么美的夜晚……还是应该和真喜欢的人在一起啊……"

永亮鼓足了勇气问："你真喜欢的是谁？"

七七的声音有点冷淡："真喜欢谁不知道，但真不喜欢谁现在就能告诉你。" 说完就站了起来，往旅馆的方向走去。

喜在黑暗中笑出了声。

永亮失望地看着她们的背影。那种感觉，越来越远，像是自惭形秽似的。那两个笼在淡淡的光影中的年轻的美丽身影，离他像有一辈子那么远，总也够不到似的。

一

一

一

义生觉得北京人的特点就是不爱理人。

从下火车，转汽车，到现在站在传说中人流最大的王府井大街上，没人看过他，没人有工夫看他，他们似乎都忙着要赶到自己的位置去。

义生站在那儿，突然就有一种熟悉的感觉从脚底往上涌。那种熟悉的感觉叫孤独。他念过几年书，头一次看见"孤独"这个词的时候，就知道自己感受过。那是他小时候去邻居五婶家睡的那晚，和五婶的三个儿子挤在一个炕上，要睡了，闭眼前，脑子里突然就起了个念头：我为什么在这儿？他们和我有什么关系？我为什么要和他们挤在一起？他们是一伙儿的，而我呢？

他管那个念头就叫"孤独"。

他连忙看看对面的楼，转移一下注意力，他不喜欢那种熟悉的孤独感。

喜微微皱着眉头从义生身边匆匆走过，她要找家精品店，给晚上过生日的七七挑礼物。七七是她最重要的朋友，从高中到现在，不离不弃。

也许她和义生的目光有片刻交接，也许没有。反正他们都有各自的方向要找。

每天我们这样走马观花般看到的陌生人很多，除了老天爷，谁也不知道谁见过谁，即使有一天他们互相认识，也不会知道曾经某时某刻在街上互相看过。

———

———

———

七七忙了一天，脸上看上去有点油，可因为她的白，仍是皓月的明朗光洁。

　　同事们都说七七是个美女，就是脸上的痣太多了。

　　因为七七的白，脸上的黑痣即使不大，也清清楚楚。同事们聊天时，常劝七七去把痣点掉，七七一笑置之。后来同事们听说，脸上的痣不可随便涂抹，因为不同的位置昭示不同的命运，一旦点掉某颗关键位置的痣，说不定后半生命运大变。同事们想，这样一辈子虽然不见得有什么好，但拖下去总比翻天覆地变改一番稳妥，谁知命运的突变，是变好还是变坏？如果一旦变坏，就再也回不去了，己所不欲，勿施于人。

　　七七倒喜欢自己的痣，在家对着镜子数过，七颗，排列整齐，间距适中，况且，痣不大，离远一点也看不清楚，照相也不会照出来，总是一张白嫩的脸。

　　七七和喜都二十三岁了，对谈恋爱的事不上

心，家里人着急，安排她相亲，她便从家里搬了出来。她听不得唠叨，所以同事们也知道，平时对七七说话，看她微微点着头笑，心里可能很烦躁，也就不去招她。因为喜不再在身边，七七比小时候话少了很多，心里也像是没事装着，人们一提起她，总说："那个白女孩。"有时候，白还代表安静。

　　七七住的地方不大，在二环路边上一幢塔楼的顶层，冬冷夏热，但七七住得安心，还在窗台上支了一架天文望远镜，去过的同事都说："七七一个人过得还真好玩。"闲着没事，七七在家读书，听音乐，上网，和喜在电话里说个没完，与别的女孩无异，只是有时烦了累了，就用望远镜找找星星。七七对星事了如指掌，一笔就画出星座图解，同事们喜欢让她算命，七七的生活就是这么平淡。

　　写字楼里的女孩，慢慢地，一个一个嫁了，生了，闲着的也没完没了地谈恋爱，只有七七，独来独往。女同事的饭局喜欢叫上七七，七七也在家里招待过她们，只是，谁也不爱带男友见七七，因为每次回来，男友们无一例外都会问："那个七七，白白的，不爱说话，真是不错，多大了？"女同事们心里不高兴，当然不是七七的错，七七的眼神从不往那些男友身上看，但七七的样子还是太招人了。

因此，大家都希望七七赶快找个可靠的男友，皆大欢喜。但七七似乎迟迟出不了青春期，她还是觉得和喜一起嘀嘀咕咕的日子比较安全。

一

一

一

喜在来的路上，还觉得一切都好，但从迈进迪厅那一刻起，就浑身不自在，如芒刺背。

她在人群中的时候，每有人与她对面走来，她都会主动让到一边。她觉得随着自己在人群中的时出时隐，背上的芒也时深时浅。

喜来到包厢门口，门敞开着，里面已经好几个人了。七七坐在正对面，一见她进来，马上尖叫着跳起来。

喜笑逐颜开，把手里抱着的包好的礼物递过去。七七跳过桌子，两人拥抱。背上像有小虫子在爬，但喜笑吟吟的，什么也没说。

七七切完蛋糕，喜问："许的什么愿啊？"

这里太吵，两个人要吵架般的音量才能听见彼此。七七看着她傻笑不语。

喜轻轻推她："什么啊？"

七七把两手放在嘴边，做喇叭状："希望你再也不做那个噩梦……"

喜马上被感动了，四周的声音一下子就听不见了。啊对，那个梦，那个梦仍然像老朋友似的在。喜想：要什么男朋友啊，男朋友能有七七这样体贴吗？

一

一

一

后来芒就出现了。

喜在舞池边上的大柱子后面看七七跳舞，她不知道往哪里走，哪里都是人，柱子后面好像比较安全。就在她刚缩腰站好的时候，有个人突然从后面拦腰抱住她，她尖叫起来。

但尖叫在这种喧嚣里，也不为人所听见。

后面那人几乎要把她打横，她伸胳膊踹腿用力掐打那个人的手臂，手里的啤酒瓶飞出酒沫。

她的协调感似乎还是不好，但力气挺大。

抱她的人吃痛，松了手，蹲了下去。喜回头，暴怒地看着那个蹲下的人。那个人在揉胳膊。

"你干什么？！"

那个人缓缓抬起头。

喜就傻了。那是冯亦欢。

亦欢站了起来，突然嘴角一提，笑了。

—

—

—

喜在和亦欢接吻的时候，眼睛依然没闭上，她想体会一下和亦欢接吻的感觉是否熟悉，是否会唤起从前某种记忆，但她就是投入不进去，趁着亦欢闭着眼很陶醉的样子，她的目光一直在打量亦欢的家。刚才在楼道里，她就觉得这里很像是自己黑梦里的所在。她一直在想得是，梦里是不是这个地方？是不是？……如果冯亦欢发现自己是处女……会感动还是讨厌？七七怎么想？自己没和她道别……

—

—

—

第二天当喜带着一脸宿醉的肿轻手轻脚往门口走的时候，她以为还在睡的亦欢在身后轻轻"嗨"

了一声。

尴尬地回头，亦欢正看着她，很耍范儿的眼神。显然对感情更熟练了，真了不起。

亦欢欣赏了一会儿她的手足无措，漠无表情地说："在一起吧。"

喜呆站着，半天，往后退着，一边退，头一边随着点着，似乎在思考，抿着嘴，又像要掩饰住笑。一直退到门口，并没回身，用手摸索着开门。

"好吧。"

终于她还是开不开，转过身来开，撒腿跑了。

亦欢觉得自己是和十六岁的喜又撞上了。竟然还是处女。他有点得意，想到她昨晚舞动瘦胳膊细腿和自己搏斗的样子，随后瞬间顺从的眼神，悄无声息地任他带回了家，他明白这个女孩一直在原地等了他这么多年。

—

—

一

不出所料，七七的反应非常过激。

"你疯了？……什么啊？什么叫完成一个没完的梦啊？你不要和我说宇宙语！……噩梦也要完成吗？"

楼道里来来往往的人多，都纳闷地看她。七七明白失态，掩住口，走到楼道的角落，小声了点。

"算什么啊？……你不记得我用塔罗牌给你算过了？他要抛弃你两次！两次啊！……你笨啊……你不相信我，你不能不相信命啊……"

有个人绕了回来，站到她面前。她不耐烦地抬头看那人一眼，转过身要接着说，偏偏那个人看着她笑了："七七。"

七七退一步，瞪着人看，然后脸就软下来了："永亮？"

永亮缓了半天神。楼道里黑，刚说怎么一出门就迎面像撞上个恍惚的月亮，回忆刚启动，话到嘴边，竟然真是七七。

"七七，你在这儿上班？"

"是。"七七左右顾盼了一下，没看到同事张望，才问，"你新来这家的吧？"

"是啊。"永亮说，"我们从毕业就没见了，真没想到，现在成了邻居。"

七七不说话，微笑着，那份白，白得极淡定。永亮心里的喜欢一下子涌上来了，原来自己这么多年，谈了那几次失败的恋爱，是因为老有个月亮心里记挂着啊。

永亮第一天上班，不便多说，急急地嘱咐七七："我下班过去找你，别走啊。"

七七点头，闪身过去了。手上的电话不知道什么时候早挂掉了。

整个下午永亮都有点魂不守舍。想起中学毕业时在大连的海边，七七对着大海莫名其妙喊了一串莫名其妙的话，让自己不安得心慌，于是他不敢再找她，他觉得她要的肯定不是自己。

谁知刚下班，同事们便见一个女孩闯进来，紧张不安地在门口坐着，正猜着是来找谁的，永亮已经一闪而过。

——

——

——

七七咬着手指甲，如痴如醉地盯着永亮。永亮被她看得不好意思了："干吗啊？我变化很大吗？"

七七傻乎乎地点头："很大啊。"

永亮傻笑着解释："我就是戴隐形眼镜了。"

"不是，不是这个。"

"那是什么？"

七七指指他的额头："你这里……什么时候长了颗痣出来？"

分明又掩饰不住喜悦。

永亮有点不好意思地摸："不知道呢。毕业的时候，就一点点，很浅，没在意嘛，谁知道越长越大，而且长得很快，还鼓起来了……很怪吗？"

"不很怪啊，很好啊。"七七傻笑。

永亮虽然不明白，但也跟着她傻笑。

冷了一会儿场，永亮想男孩子要负责没话找话，只好又问："真的吗？"

"真的。"

永亮的手指着她的脸，但不敢明显地指，手在桌子下面害羞地指："你脸上也有啊。"

"是啊。"七七在永亮面前说话直来直去，像个傻子。

"七颗，我数过……你没想过点掉吗？"

七七正色："会把运气坏掉。"

永亮想起来："噢对，你最信这些事情了……那我的好不好？"

七七胸有成竹地点点头："很好……点掉了说不定就不会遇见你了。"

这话有比较明显的传情的意思，永亮大喜，又不方便表现得大喜，只好顾左右而言他：

"七七，你好像对我比以前好很多啊，为什么？"

"你猜。"

—

—

—

自从总去迪厅等亦欢下班，喜的梦便有了亦欢放的音乐伴奏。这个梦因此热闹而现代起来了。

梦里的喜快疯了，现实中无法表达的情绪，在梦里全部发泄出来，她并不喜欢这种音乐，也并不喜欢亦欢的生活方式，她双手捂着耳朵，像孙悟空听见了紧箍咒。

她在黑暗中摸到了门的把手，疯狂地拉着，但如何用力也拉不开。

向前跑，两侧都是锁得紧紧的门。她没头苍蝇似的拧着每一个门。

拧不开。

突然间，她看见了光。

有一道门下，倾泄出黄色的灯光。

梦中的音乐是从那个房间里传出来的。

梦像被人撕开，瞬间亮了。

—

—

—

亦欢工作的时候，喜不能和他说话。他工作结束的时候，就只想睡了。亦欢依然是个不爱说话的人，喜只是默默在他身后跟着，感受能和他在同一个时空里的幸福，他只和她一个人回家，就够了。

有一次亦欢突然没头没脑地问："没什么要问的？"

喜只笑："如果你想说，我不问你也会告诉我……要是不想说，我就算问出来，也是假的。"

亦欢皱着眉头走开了，他不喜欢这么善解人意的人，因为善解人意往往是委屈。

——

——

——

义生在高处。高得看不清地面上有人，只看到车。

但他可以清楚地看到对面楼里的一个女孩。

昨天夜里，义生听到很闷的雷声，像有历史巨轮打宿舍的屋顶上轧过。到今天，雨仍没下，估计想憋得更狠点，一旦下了，就不管不顾地往死里下。

奇怪的是，这座城市永远在建设中，没见它消停过。很多漂亮大楼都是"义生"们盖的，但是义生跟别人隔得挺远，因为他在高处。他找到的工作是开塔吊。

现在要盖的这座楼，二十三层，他们盖得不快，从一层到九层盖了足有两个月。

到九层那一天，他看见了她。

义生的驾驶室，大多数时间向着对面那座九层的楼。没事的时候，他就把光着的脚架到玻璃上，看对面的人家。

五楼以下住的净是老头老太太，可能是为了接地气吧。

九楼住着她。

那天晚上升上去，探照灯雪白地打在那一片窗户上，义生看见她站在窗前，很瘦而细小，探照灯下，一张雪白的脸。他几乎以为她看见了他，她那么久地站在那儿。

那是夜里，她家窗台上好多花，正开着。

——

——

——

喜看见书架上亦欢的毕业照，心一紧，脸凑了上去。

相框的边儿很宽，亦欢和同学们紧巴巴地挤在里面。

喜很难形容自己的心情，既惊且喜，她小心地拿起镜框，慢慢用袖子擦起上面的土。

擦到一尘不染，她才从后面拆开镜框。然后翻过来，掉出照片，她迎面就看见当年的自己青涩的笑容。

她冲照片里的自己笑了一下，就又放回去了，把相框装好。

装好的相片上又看不见她了。

她下意识地掸了掸手，跟有洁癖似的。

——

——

——

马路上的人，看上去都有点小愉快，似乎生活很有方向似的，有来有往，只有义生一路踟蹰。

工地对面有个电话亭。橘黄色、下雨天可以躲在下面的那种。

天一擦黑，工地上就没了人影。每天晚饭过后，义生无所事事。他不听音乐，不看电视，他也不困，他想找人和自己聊聊天。

无所谓什么人，反正都是陌生人。

有一天下雨，工棚里停电，他把窗户推开一条小缝，闻浓烈的土腥味。雨点反射着塔吊上探照灯的光，屋里倒是像雪地般暗暗地亮着。这时他看见橘黄色的电话亭孤独地直面他。

他霍然起身，飞快地跑了过去。

有人在那里表情丰富地打电话，看见他，有点嫌弃的样子。义生就走开了。

往前走走，又看见一个，他刚想过去看，有个人以为他要打电话，紧跑两步，先冲了进去，拿出硬币塞到投币口，开始按电话号码。

义生不远不近地看着，看了一会儿，又漫无目的地往前走。

地上有颗石子，他去踢，追着踢。跟着石子走着，就来到医院的大门前，没注意身边的车。

一辆出租车"吱"一声停在他身边，他吓一跳，出租司机探出头来骂他："没长眼啊！看他妈什么呢？"

车里的喜看了他一眼，她一脸仓惶，没有义生所熟悉的城里人的鄙夷和愤怒。

司机"轰"一声给油，飞快地开到急诊室前。喜拎着包，一路飞奔进急诊室，高跟鞋发出"笃笃"的声音。

喜在急诊室里一路懵头懵脑地四处找着，终于摸到某个病房。角落里有个妖艳打扮的姑娘正在大声哭。妆是花的，头发凌乱，衣服被撕破了，她并不管，不在乎的样子，有血迹，手上也有，用力抓着一个人的手用力地哭。

喜蔫蔫地走进病房，四下看着都没有她要找的人。她往角落那姑娘那儿探头看，然后就傻在那儿了。

姑娘握住的手细瘦而有气质，她当然认得。

亦欢的脸色不太好，很不耐烦地闭着眼睛。

那种惯常的呆又回到喜脸上，呆了好久。半天，她还是觉得应该过去。就过去，站在姑娘后面。

姑娘回头看了一眼，没答理她，接着哭。

亦欢似乎感应到什么，睁开眼，怔怔地看到喜。

他居然没有什么意外的表情。什么都没看见似的，万分平静。

　　　　——

　　　　　　——

　　　　　　　　——

义生溜溜达达地回工棚，一边走，一边伸着手傻兮兮地撑着自己的兜晃悠，兜里就发出清脆的硬币碰撞的声音。

他觉得不过瘾，用手抓起一把硬币，又撒手听它们掉回兜里去的声音。哗啦，哗啦。

他一脸满足抓撒着硬币穿过深一脚浅一脚的空场，月朗星稀，他边走边四处看着黑影幢幢的工地。工地对面的住宅楼里仍有人开着灯。

某个窗前，就有看星星的七七。

—

—

—

两个警察给姑娘做笔录，喜在不远处靠着墙，也不是想听，但也不知道该干吗，总要明白。就在那站着。

"……为什么找你麻烦呀？你是那迪厅的人吗？"

"是。"

"职务？"

"……我领舞。"

"里面那人和你什么关系？"

这回姑娘毫不犹豫："我爷们儿。"

警察冷冷一笑，才看了她一眼："他是干吗的？"

"DJ。"

"DJ是干吗的？"

姑娘一愣，没那么嚣张了，小声嘟囔："打碟的。"

"什么叫打碟的？"

"……放音乐的。"

警察看到她丧气了，满意了。

喜轻轻走到病房门口，看着里面的亦欢。亦欢脸色苍白，他的头被垫起来一点，正可以看到她。

两人对视着，像是一场不动声色的较量，眼神看起来什么都没有，却也什么都有。

后面飘来讯问的声音："他们用的凶器你看清了吗？"

姑娘又哭起来了："是弹簧刀……"

喜想象着亦欢当时的样子，他一定动若脱兔，打架的样子也会是好看的。

"几刀？"

"两刀还不够啊……"

喜想着刀捅进亦欢肚子的样子，亦欢肯定仍不示弱，他那么倔强。

"你和那帮人什么关系啊？"

"不认识。"

"我再问你一遍，你和那帮人什么关系？"

"……没什么关系，就是在迪厅里认识的。"

"怎么认识的啊？是搭讪认识的对吗？是成心的吧？对你爷们儿？是气你爷们儿吗？"

亦欢的眼神让人什么也读不出来。两人似乎对那哭声都充耳不闻，与己无关似的。

然后，在背后的姑娘大颠大肺的哭泣中，喜突然缓缓地举起了双手，轻轻地挥了两下。

用口形说了两个字——

白白。

于她，似乎这是一种下意识的礼貌，是客气。她脑子已经傻了，没有刻意设计该怎么做。

她只是觉得自己该走了，觉得自己没有留在这儿的意义。这一刻她眼里有悲悯和决绝。

她等着他是否回应。

他回应了。

他缓缓地从被子下面抽出右手，费劲地，也摇了摇，也是一个口形，看不出所思所想地，又是年少时那样遥远的漠然，似乎是下意识，却也镇静自若地。

白。

然后他就紧紧地抿住嘴，那么平静。一副你走了就走了的样子。但也许他是为了抿住自己可能还要说话的冲动。

喜觉得是接到了一个可以走了的明示。她感到一种漫无边际的伤感和绝望扑面而来。

她努力平静着，可那样的平静里，充满了绝望，永远不再见的绝望。

喜在冯亦欢平静地注视里，转身走了。沿着医院夜晚暗白色的走廊，越走越远。

—

—

—

那一晚，喜梦见了一个人。

她站在透出灯光的门外，听见里面传出音乐。很伤感的音乐，如果可以用颜色形容，是黑色的。

她又哭泣起来。那时她自己都知道是梦，一个看戏的她对演戏的她说：你以为你是水龙头呢，你歇会儿行吗？

哭的那个完全充耳不闻。这时，门里传出一个男人的声音。

"谁在外面？"

这一惊十分的恐怖，喜习惯了黑而沉默的梦境，这当下竟有外人闯入，她顿时魂飞魄散，撒腿就跑。身后有人拉门，跟了出来。

黑暗中，喜懵懵懂懂地跑，跑得毫无方向感，她感觉一种若有似无的陈腐气息扑面而来，而眼前，却渐渐亮了起来。

喜看见飞速退后的门廊，她下楼梯，拐向一片黑色的布，妄图裹在黑布里，好不给身后那来历不明的人看见。

但是那人始终没落下。

当喜穿过黑布，竟然发现自己站在一个剧场的舞台上，那股不常被光临使用的空间里特有的霉味十分真实。太荒谬了，喜对自己说。

她飞快地跑下台侧的台阶，跑向后排座椅，埋身在椅下。

脚步声追到了台上，停止。

喜屏息静气。

一会儿，听见台上那个人走向舞台一侧，啪啪的声音，推开了电闸。

喜感觉到光从舞台上亮了起来。她偷偷从椅缝里窥测，见一个黑色的身形逆光笔直地站在台正中。

他在明处，喜在暗处。她安慰自己：他看不见我的。

但那人突然问："你是谁？"

"你有什么委屈？"

"你说出来吧，说出来心里就好受了。"

喜惊呆到出不了声。

"你知道吗？人不能憋屈着自己，有苦就要发泄出来，没什么大不了的事，这世上能有什么大不了的事？哪儿摔的跟头哪儿爬起来，哭顶用吗？"

——

——

——

喜醒了。

是，能有什么大不了的事。不就是失个恋吗？

谁没失过恋啊？！

冯亦欢肯定也失过恋啊。

她看看枕侧，没有谁。什么都没有。窗开着，
风吹动窗帘。

喜起身，一把拉开窗帘。阳光像梦里打开的门
里的光一样水银泻地。对面仍是有树荫的街。她看
着当年亦欢搂着女孩站着的地方。

总该告一段落了吧。

一

一

一

义生看见对面低一点的楼道里，有一些年迈的
老人拎着蔬菜一脸疲累地爬着。

有的房间里，老太太在孤独地看电视。有的房
间里，老头儿在沙发上盹着了。

义生想：这里没人可说话的人还挺多。

晚上，对面楼里，再高一点的窗前，七七像个乖巧的小朋友般摆弄着那部老掉牙的天文望远镜。

永亮就插着兜在旁边看着，看着七七，看着她仍然像高中生一样的背影。他爱死她这样了。

七七叫他："过来看。"

"什么？"

"北极星……下面那里是北斗星。"

永亮眯起眼，认真地找着，七七有点期盼地看着他的反应，甚至把圆圆的脸有点往永亮旁边凑。

永亮还怎么看星星啊，他微微转过脸，几乎碰上了她的脸。他抿抿嘴。

七七保持着那个递脸的姿势，似笑非笑地看着他。永亮紧张了，出汗了。

"可以吗？"

"可以啊。"

七七回答得极快，眼都没眨。

永亮咬了咬嘴唇，又抿了抿嘴唇，怕咬嘴唇的时候有口水让嘴唇太湿。他做好了准备，轻轻地亲了七七的脸一下。

七七就还是那个递脸的姿势等他亲完了，若无其事地，脸还是那样递着，得意扬扬地转身走开，一头扎到枕头上，脸闷在枕头里，笑起来了。

永亮跟着臊眉搭眼地坐到床边，说："我还记得在海边……那是我们最后一次见吧……你说你要爱别人……有没有啊？"

最后那个问句是很小声很没有勇气的。七七明亮地看着他，看不出有不愉快，当然也看不出有愉快。

永亮紧张了，解释："那时候……好绝望……以为不会是我了……"

七七听到这话，就笑了："不是那时候的，因为可能是这时候的……当没发生的时候，谁都不知道会怎么样的。"

"你不是都能预测?"

"你以为我是谁?不过,这是一种心理暗示。气势……"她突然坐起来,向前方猛地打出去,"用气势压倒宿命!"

永亮呆呆地看着她:"可我觉得,再碰到你,就是我的宿命。"

七七笑得很甜。因为这话真的很甜。

——

——

——

义生架着脚丫子抽烟,看着对面的楼里的七七和永亮。

别人的生活,与他无关。

但义生喜欢看七七,当然不是因为她美,他看不清楚。

他只能看见轮廓,却看不清五官,他猜她的五官应该挺小的,所以稍微离远点就看不见了。想想也挺可怕的，对着一张五官模糊的脸。但是对她，即使看不到她的眼睛、表情，即使只能看见她脸的形状，都能觉出她挺可爱。

义生已经对七七房间里的摆设了如指掌了。

他就想：要是能和这个女孩聊聊天就好了。

一

一

一

义生第一次钻进大海螺，一边看着指示的字，一边把硬币一枚枚地塞了进去。"嘟"声响了起来，他慌了，因为他根本就不知道应该打给谁。

急中生智的他竟然匆匆忙忙地按了一下"重拨"键。

电话居然接通了。

一个男的有点不耐烦地问："喂？"

义生不知道该不该说话，迟疑着。

"喂？谁呀？"

义生刚"啊"了一声，对方抢过话头来："李强吧？你怎么还不过来啊？"

义生挂了。

虽然挂了，他仍然觉得这次通话很成功，因为他发现了这个叫做"重拨"的玩意儿可以让人和他说话。

他又投进几枚硬币。那男的声音再次响起来："喂？……你说话呀……谁呀？"

义生慌慌张张地又放下了。

他想了一会儿，大概弄明白了投币电话是怎么回事。他从大海螺下面走了出来，往前走去。亦欢正从旁边的一个小店里走出来，站在门口点了根烟，四下环顾。义生走进又一个没人的电话亭。

塞硬币，按"重拨"键。通了。

"喂？"对方问。

义生紧张犹豫地说出自己的第一句话。

"……你在哪儿？"

"废话，在家呀。你谁呀？"

义生犹豫了一下："你……能跟我说点什么吗？"

对方愣了，语气顿时警觉："你找谁呀？"

义生诚恳地说："我就是……想……有个人和我说话。"

对方估计被吓着了，非常厉害地替自己壮胆："你是谁啊？我认识你吗？"

义生为沟通进行不下去感到困扰，他费劲地解释着："我不是谁。"

对方沉默了一会儿，"啪"地挂掉了电话。

亦生从大海螺里钻了出来，茫然地继续往前走。继续与人们擦肩而过，也许这些擦肩而过的人里就有亦欢，或者，也有喜，噢，也许喜和亦欢不会再出现在同一条街上，谁知道呢。有些分手的人，就是一辈子也遇不到对方了，即使他们就住在同一个城市的同一个小区。

一

一

一

永亮万没有想到过和七七的再次重逢，而更没有想到的是，再次重逢后两人之间的感情会发展得这样顺利，这让他几乎以为少年时代的七七是在和他开一个漫长的玩笑。

他告诉七七："我从小的理想，每天都说十遍，我总有一天要娶七七。"

七七冲着天花板笑，然后说："好吧。"

永亮翻身坐起："真的假的？为什么？"

"因为你是永亮啊。"

求婚竟然是这么容易的事，永亮想。

一

一

一

塔吊又升了一点，但值得高兴的是，义生还可以看见七七的家，升得高一点，他可以看得到房间的更多角落。

永亮在背后抱着七七，看着镜子里的两个人。七七轻轻撒娇似的甩甩他："走了，上班。"

永亮仍然盯着镜子，盯了半天，回头说："七七。"

七七往包里放着东西，有一搭无一搭地"嗯"了一声。

永亮往镜子前凑了凑，摸着自己头上的痣："你说……我把这颗痣点了好不好？"

七七顿时反应很激烈，回头瞪着他，厉声说："不好。"

永亮并没注意到她的情绪，自顾自看着："为什么？这么大，有点难看呢。"

"不难看！不许点！我脸上这么多呢。"

"你的那些都小嘛。"

"不行。这是你的记号，丢了好找，要是没

了，我就不认得你了。"

永亮完全没往心里去，一边还用手把痣遮住，再照镜子，觉得干净好多，喜滋滋地说："结婚要有新面貌嘛。"

—

—

—

喜对七七的反应也不太以为然，觉得点了也就点了，没什么大不了。可七七却说永亮要是点了那颗痣，就不是那个人了。

喜笑话她已经迷信到荒诞的地步了："那如果一个人喜欢你，又没有痣，是不是应该去文一个啊？"

七七否定："那不行，要天生的才对……咦，你家对面什么时候有了个大海螺？"

喜探头看了一眼，看见当年亦欢搂着女孩的地方，果然多了一个黄色的大海螺公用电话。

她抿紧嘴，又坐了回去："不知道。"

七七突然间明白了喜的消沉，连忙问："你不再找他啦？"

喜想了想，答："从来也不是我找他……"

"如果他再来找你呢？"

喜摇了摇头："不会了。"

"为什么？你为什么觉得他不会再找你？"

"我不会再给他找到了。"

———

———

———

后来义生跟喜说，她是他第23次按"重拨"的人。

他对她说的第一句话是："你能说出你生活中与23有关的事吗？"

喜以为是一时想不起的熟人，轻快地回答："我23岁呀？！"

义生很意外，对方温柔的声音令他深感震惊。
他愣了一会儿，说："我比你小3岁。"

"谁呀？"

"你不认识我。"他又停了一下，问，"刚才谁给你打电话了？"

她想这是玩笑："刚才？不知道，没说话。"

"男的？"

"不知道……你到底是谁？"

义生还没学会撒谎，他说："你真不认识我……可能这儿除了和我一起干活的人……就没人认识我了……没人跟我说话……"

喜没有像别人一样认为义生是疯子，她百分之百地相信了义生。可是。

"怎么有我的号码？"

"我最近发现可以在公用电话按那个……重拨，那边儿就有人说话了……不过……还是没人跟我说话……他们就都挂了……你是我重拨的第23个电话。"

喜竟然笑了:"这还挺好玩的。"

因为窗外的万家灯火,也因为下起了淅淅沥沥的小雨。街对面,大海螺就像一把伞,安全地遮住了义生。周围有人开始找地方躲雨。也有人跑到大海螺边上,但义生已经占了地方,他们只好走开。

"你那儿下雨了吗?"

喜看看窗外,窗外有大海螺:"下了……我特别喜欢闻土被淋湿的味儿。"

"我老家,不用下雨,就是这味儿。"

"你是外地来的?"

"嗯……你是这儿第一个和我说话的人。"

喜想了想,又问:"你想说什么呀?"

"我就是想听人说说话……你说吧,说什么都行……要是你不想说,就挂了也行。"

后来,喜也无法清楚回忆起当时她的想法,她说:"我给你讲我做的梦吧。"

雨渐渐大了起来。

"我从上中学的时候开始，老是做同一个
梦……"

——

——

——

那天晚上，义生淋得湿湿地回到了工地，他没
带伞，但是脸上乐滋滋的。他还是撑着兜，兜里的硬
币愉快地哗啦啦地响着，一路小跑着往塔吊的方向。

——

——

——

喜说完这个梦，觉得一股浊气渐渐离开了她的
身体，离开她的小屋，离开她所在的街道，离开到
很远的宇宙里。可是，梦里那个人是谁？他长什么
样子？他为什么会出现在她梦里？他是上天派来点
拨她的吗？这仍是她的疑问。

一

一

一

　　七七接着喜的电话，说起昨晚奇怪的遭遇。

七七的玄学精神又上来了，她怪模怪样地对喜说：

"我觉得，你总有一天会遇见你梦里那个人，梦可

不是随便做的……"

　　她无意识地转头看着窗外塔吊的驾驶室，突然

她看到了里面那个黑糊糊的影子。她夹着电话走到

窗边的望远镜前，对准塔吊的驾驶室，调试起来。

　　"肯定是个帅哥……说不定就是你将来要嫁的

人，是你丈夫……"

　　义生看到七七的镜头对着他，慌了一慌，不自

主地躲了一下。又意识到躲是没什么可躲的。

　　然后他就看见七七回了头。

　　永亮脑门上一大块紫药水，有点滑稽相地进来

了。七七脸色登时苍白，大吼："不是和你说了吗

不要点不要点。"

永亮陪着笑："嗨,谁想到涂了这么大一块药水,吓着你了吧。"

七七气极,脸扭过去,坐在床边,不做声。亮走过去搂她肩膀,七七一把推开:"你是谁呀?"

"怎么了七七?医生说了,过两天就好,应该看不大出来。"

"干吗要点这颗痣?"

"不好看嘛。我是想照结婚照的时候,这么大一颗痣照出来不好看嘛。点完了人也显得干净。"他轻快地说着,心里没有一点蒙尘的地方。

"别耍小孩脾气了……我以后所有的事情都和你商量好不好?"

"以后?你的痣已经没有了,你的运气也会改了。"

永亮一脸自信:"我们不是要结婚了吗?能和你结婚,还会有什么不好的运气呢?"

七七应该感动的，但七七很漠然："可是……我不认识你了。"

永亮一味好脾气地哄着："别闹了，不就是颗痣吗？"

七七那一晚都提不起精神，永亮倒不以为忤，觉得七七小孩脾气，一定是因为要结婚了，非得管着自己，要自己事事与她商量。那以后就都与她商量好了。

谁知七七一病不起，连工作都只好辞了。开头永亮担心得不得了，也请假陪着，后来发现耽误不起，这份工快要丢了，又看七七虽然不大好，但又实在无大碍，就放心地去上班。

他不知道，七七一到晚上，就趴在窗户那儿看，有时一看一夜，天知道她在看什么。

七七瘦了，脸像个小月牙，跟永亮说要出去走走，到外地逛逛。永亮公司里分不开身，七七说自己没事了就一个人去了。

七七走的那天，义生碰见她了，面对面的。他刚换完一把钢锸儿回来。他知道是她，他知道她出门穿的什么衣服。她没让义生失望，长得还挺好看的，不过，她脸色不好，拖着一个大旅行箱迎面走过来。

　　义生其实并不清楚自己在想什么，但他还是有点奇怪的感觉，七七走过他身边时，他不自在地看着她。

　　让义生感到奇怪的是，七七看见迎面过来的他，迟疑了一下。

　　就这一下，很快的一下，别人肯定看不出来，但是义生马上知道了：其实每天，她根本是知道他在对面看她的。她夸张的动作，夸张的生活，就是知道对面有个观众在看着她。

　　她走过去了。他一直看着她的背影消失在人群中。义生想：那男的知道吗？　也许自己也太无聊了。可她这样一天天地过，没有什么目标或者目的吗？

一

一

一

七七玩疯了，一个多月也没回来。通电话时，永亮总是催她快点回来结婚，七七说："不，在海边住着舒坦，到晚上满天星星，比在城市里见得多，又大又亮。"

两个月后，永亮觉得不对，七七已经小半个月没打电话来了，再打，电话停机了。他心里一疼，就跑到七七住的地方。锁已经换了。

永亮终于明白什么叫欲哭无泪，自己到底做错了什么呢？

不久他听人说遇见七七和另一个男的逛街，那男的额头上长着一颗黑痣。永亮心里更加疼得不行。

直到那天收拾杂物时见一本七七送他的星宿书，翻到北斗七星那一页，看见七七的自画像，就画在七颗星上，那七颗星的位置，与七七脸上的痣一模一样。

后一页是北斗星，七七画了永亮的像，北斗星在永亮脸上端正地长着。

永亮一下子冲到洗手间去，镜子里的他，额头光洁明亮，什么也看不出来。

他这才知道，与七七，真的缘分尽了。

一

一

一

在建立起与陌生人的电话关系后，喜慢慢发觉自己一点点的变化，她不再自恋，知道生活艰辛，万事应从低做起，放下一切身段，笑脸迎人。

打水、沏茶，从前看不起的行为，她都可以满面春风，让人丝毫感觉不到敷衍地做到最好，仿佛生来就该干这个似的。

认真地对待手上别人看来一点都不重要的事情，即使是接电话，她也能察言观色，让来人受到最恰到好处的接待。

付出自有回报。喜很快被调到业务部做助理，学习统筹管理业务人员的工作分类、安排指标、工作计划、业绩统计等等。

这已是公司里颇为吃重的角色，从前对她不看一眼的师兄开始暗递秋波。

但这些人不是她想要的。

有时，她会惆怅地想起黑梦里那个男人。他长得什么样子？他为什么会出现在她的梦里？他是上天派来点拨她的吗？

喜把他的身形、声音分析了又分析，结论也不过就是三十岁左右的家常男子，唯一特别的是声音极其动听。

但他是干什么的呢？为什么会与剧院毗邻？

日子慢慢过去，喜的工作量已经很大，常常在下班后，与三两同事到饭馆喝上几瓶啤酒，再返回去加班。

企划部的阿辉也开始漫无目的地加班。同事看出苗头，自觉留下二人空间。

阿辉是学中文的，文笔出众，性格活泼，常在喜疲倦时，适时地提供各类笑话消遣。

但是，他样子矮矮胖胖，十分平凡。当然，在更好的出现之前，喜并未泯灭他的希望。

阿辉劝喜多出来玩，应多认识些别的行业的有趣人物，听听别人说些不同的话也是好的。

他的朋友华，是文化馆的干事，乐天的单身汉，闲暇时组乐队演出。

华有艺术家的邋遢，但缺少才华。作为受欢迎的朋友，一大本领是讲鬼故事。

那天在路边的排档，天渐渐黑下来，北方早晚的温差很大，喜披着阿辉的外套，听华口沫横飞地讲："这是我自己亲身经历的一件事。"

他吞了口酒："那会儿我刚到文化馆，家住得特远，就想晚上住在文化馆，不用每天两头跑，忒累。结果有些老人儿就跟我说，'你可别介，住这儿？还是免了吧。'我问怎么啦，他们说这文化馆，晚上闹鬼。我说不会吧，这社会主义中国，能有鬼吗？他们就给我学，说前俩月有人晚上在这楼里值班，听见楼道里头有女的哭，还有脚步声，吓得根本不敢开灯不敢出门，一晚上都没敢起夜，早上给尿憋坏了。"

阿辉笑："真的假的？你就爱吹。"

"真的真的。"华说，"我不信那个，我长那么大，就听说过没见过，好歹让我也见一回，我就生住下了。结果，嘿！"

他一抹嘴，比画着："有一天夜里我正扒带子呢，真听见外面有个女的在哭，声儿还挺大，绝对不是幻觉。"

他适时地停住，整个排档的人都不出声，等着下文。

"给他妈我吓坏了，整个人在椅子上抖，根本动不了。你想啊，那么大一文化馆就我一人，屋里又没电话，让鬼弄死都没地儿通知人去。后来我就琢磨，这女鬼她哭什么呀，哭，肯定是冤，那她肯定不是什么厉害鬼。我一大老爷们儿，又没做亏心事，我不怕鬼叫门。然后，"他腾地站起来，"我就隔着门大声问：'谁在外面？'外头突然就一点声都没了，给我吓的，她有反应呀，更不是假的了。然后我就听见噔噔噔噔，脚步声往远里跑，估计这鬼还穿的是高跟鞋，倍儿响。我一听她跑，那我还怕什么呀，明摆着她怕我呀。我拉开门就追出去了，我得把这邪门事弄清楚了。"

"这鬼一直跑到连着我们办公楼的文化剧院，没声儿了。我就站在那台上，"他指指阿辉，"就我们老演出那台上。"

阿辉点头："知道知道，接着说。"

"那么大一剧院，一点声儿没有。我在台上站了半天，后来想起来到侧幕把台上的灯打开了，后来一想我在明处，她要是藏着她在暗处，我也没地儿找她，再说我干吗非得找着她呀，她要是特难看我不是自己吓唬自己吗？我想这鬼肯定有一肚子冤屈，我开导开导她，想开了以后别吓人就得了。我就站台上，跟朗诵似的，说：'你是谁？你有什么委屈？你说出来吧，说出来心里就好受了。'"

他挺胸撅肚的样子很可笑，旁边有人哄："瞧你丫那德行。"

喜笑不出来。

"我是真想把她劝明白喽，特别苦口婆心，又说：'你知道吗？人不能憋屈着自己，有苦就要发泄出来，没什么大不了的事，这世上能有什么大不了的事？哪儿摔的跟头哪儿爬起来，哭顶用吗？'"华看着阿辉，希望他支持似的。

阿辉笑："行啊你，跟鬼讲道理。话是废话，但是废话倒没什么毛病。"

华自负地说："打这儿以后，这文化馆再没闹过鬼。你信吗？"

呆坐一旁的喜如五雷轰顶，完全找不出其他的词儿形容当时的感受。也许这里只有喜把他的故事当回事儿，会在爱吹牛的他讲完后久久无法形神一体。

但她如何也不相信世界上有这样的巧合，喜问："你带我们去看看那个剧场行吗？"

难得有人对华的故事表示兴趣，华兴冲冲穿上拖鞋，一挥手："走。"

—

—

—

闻到那股熟悉又久远、陈腐的、剧院特有的味道时，喜知道，是了，那正是她的梦。

她看着台上的华，那个梦仿佛于此刻重新上演，不同的是，这一次喜镇静地、端正地坐在观众席上，看着他。

华是她要找的人吗？这不能不算是一种缘分吧？喜问自己是不是该重新认识他并深入地接近他呢？

她看着台上口沫横飞、比比画画的华，脏糊糊的上衣，挽着的裤腿下露出的浓重的腿毛，脚上一双画着NIKE标志的盗版蓝色拖鞋——啊不！她对自己说。

走出剧场时，天已黑透。满天星光，没有月亮。

喜看见北斗七星遥远地凝望着她。

那一刻，她知道这世上没有传奇。所有发生在我们生命中的故事，即使蹊跷到百转千折，也只不过是巧合。

即使生命，也不过是个巧合罢了。

喜知道，她将平凡地生活下去，到终老。

——

——

一

这天晚上的电话，义生发觉喜格外地高兴，咯咯笑个不停，甚至还在找不出话说的时候咿咿呀呀地唱了一首歌，她说是一首没人知道的老歌。

义生听得感动了，眼睛里有点热，努力不让眼泪掉下来，努力看着远处，看向更远的地方。他想起塔吊对面楼里那个女孩，他知道不是，但他就是总把电话里这个女孩想成是她。

一

一

一

七七回来那天，在窗前站的时间很长，义生因为知道了她长的样子，仿佛就能看清楚她似的了。从那张白白的脸上，他收到一种特别揪心的信息。他觉得她特别可怜。

那个窗口，是她展示自己的舞台，只义生一个观众。如果可以再近些，也许可以看到她的笑容，眼泪，甚至，可以听到她像那个电话里的女孩一样，跟他说话。

这个城市，全是寂寞。

吊车终于要升上去了。义生能更清楚地看到七七屋里的各个角落，而她，如果想看到义生，却只能仰起头。但是义生知道，她漂亮的骄傲，使她不可能追随他的起降，她不会仰头看他。她不会愿意让他确认她是知道他存在的。

在那个夏天，突然那个下午，雨过天晴，阳光不强却透亮地从义生的身后照过来。他看见塔吊的影子，映在九层的墙壁上，驾驶室里一个模模糊糊的义生，在墙上被放大了好多倍。

义生隐约觉得，他曾经度过很多这样的黄昏，每到这个时刻，就觉得很孤独。他的灵魂告诉他，他想念一个有灵魂的女子。

太阳向西移动，终于到了他曾经设想过好多次的那一刻——驾驶室的影子落在七七的窗上。此刻，她正站在窗前，交叉着双手。

她并没抬头。但义生知道，最近她经常站在那儿，她一切无聊寂寞的举止，是为了被看。

像个自闭的小孩，期待一个未知的游戏。

义生慢慢张开双臂。

他看见自己像鸟一样的投影，把她和她寂寞的窗，抱在怀里。

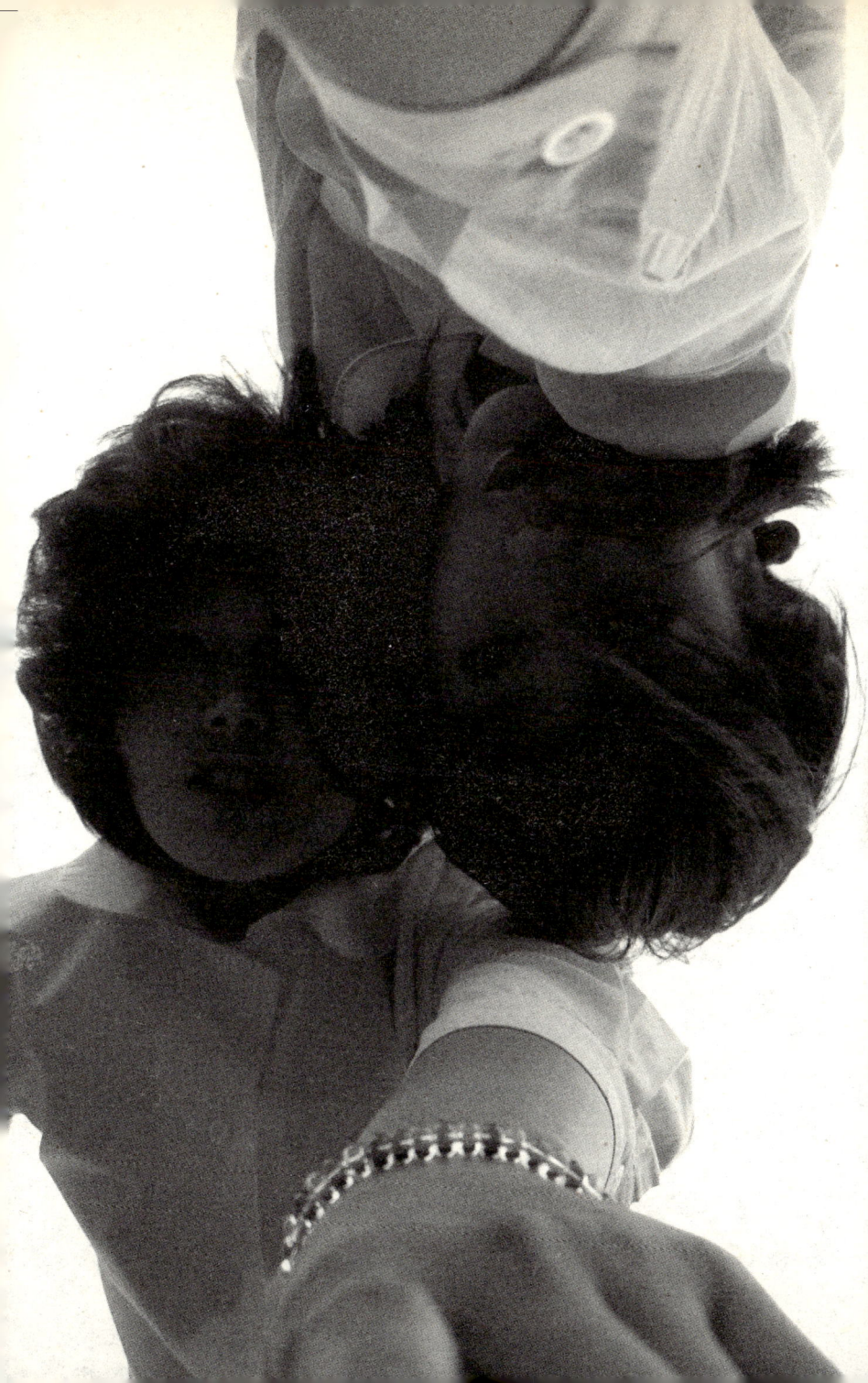

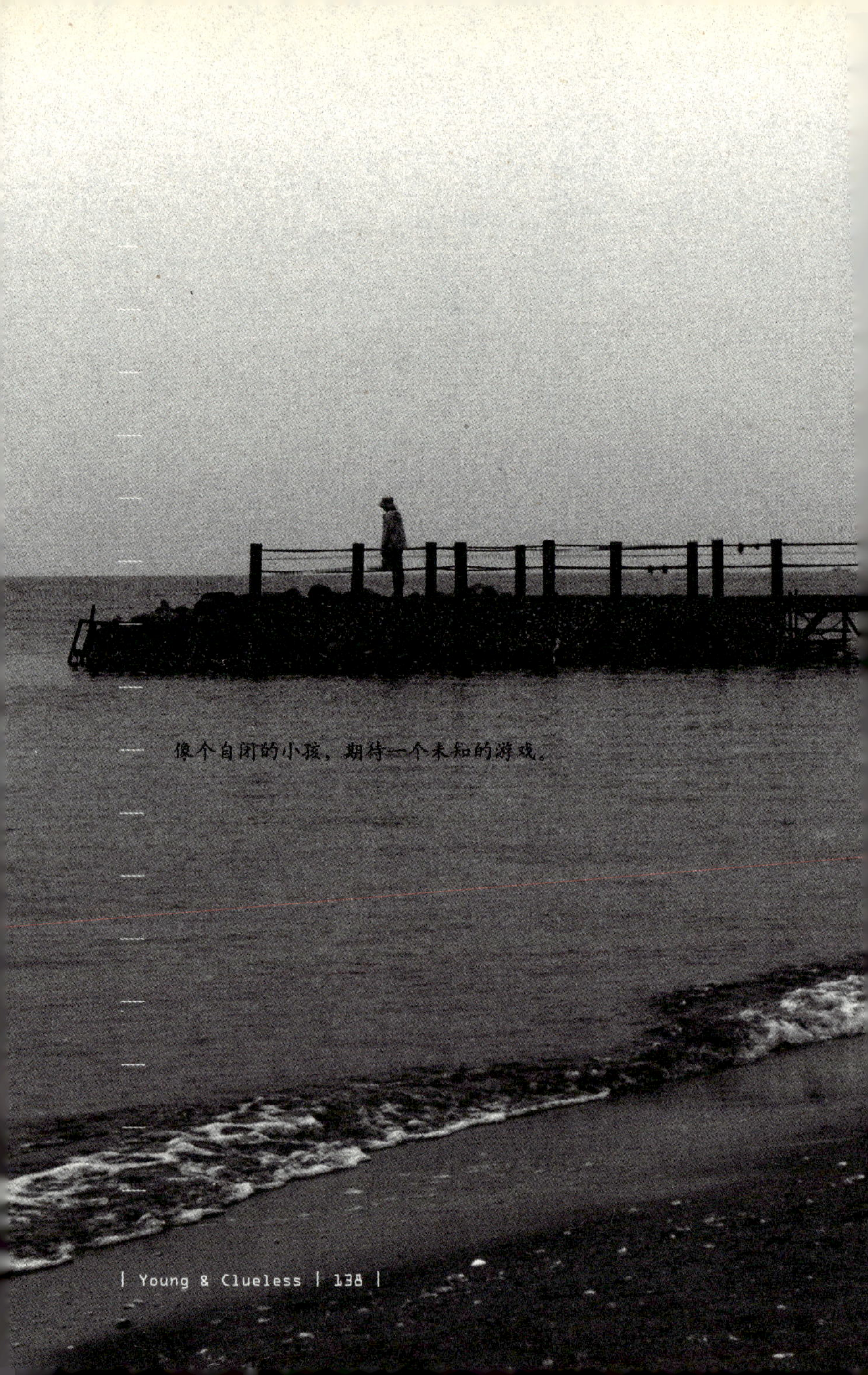

像个自闭的小孩，期待一个未知的游戏。

"大……海……我……叫……七……七……听……

见……了……吗？一二三四五六七的七……记……

住……啊……谢谢。"

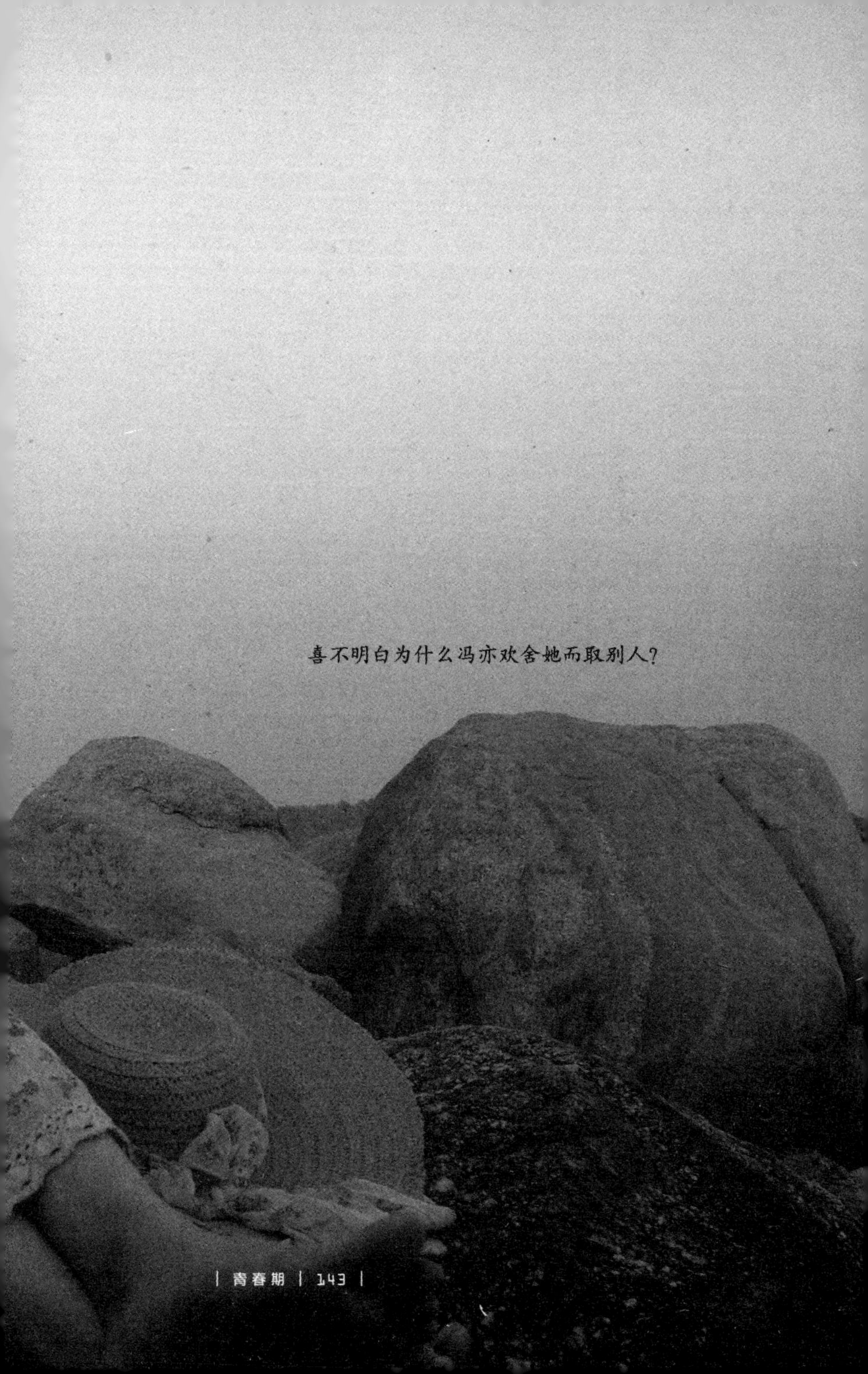

喜不明白为什么冯亦欢舍她而取别人？

星空下，七七忽然说："这么美的夜晚……还是应该和真喜欢的人在一起啊……"

求亮鼓足了勇气问："你真喜欢的是谁？"

喜发现自己站在一个剧场的舞台上,

空旷的、陈旧的,

似乎可以闻到那股不常被光临使用的空间里特有的霉味。

亦欢在DJ台里忙活着，他仍然是那样酷，不会笑似的。

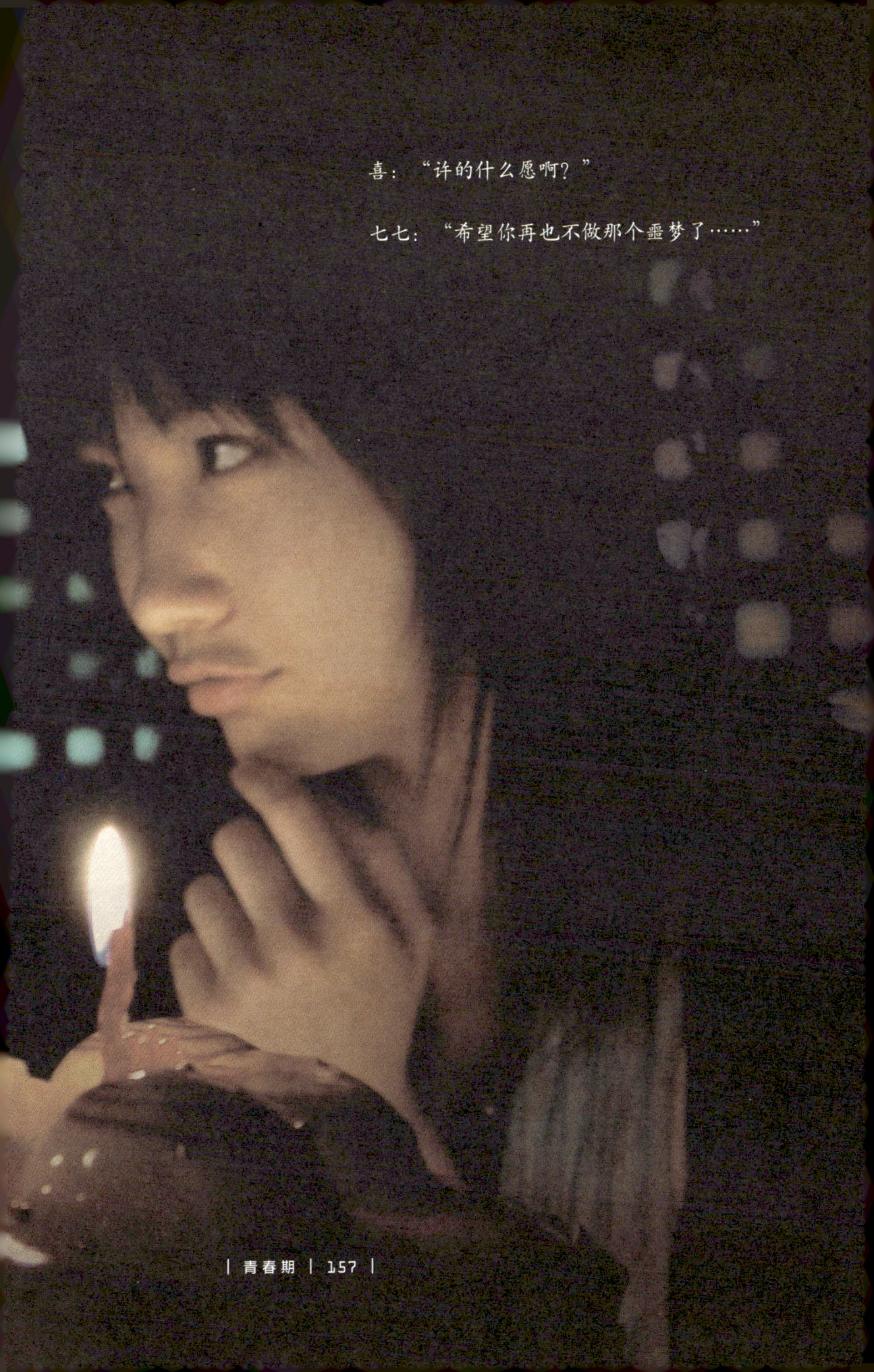

喜：“许的什么愿啊？”

七七：“希望你再也不做那个噩梦了……”

永亮呆呆地看着她："可我觉得，再碰到你，就是我的宿命。"

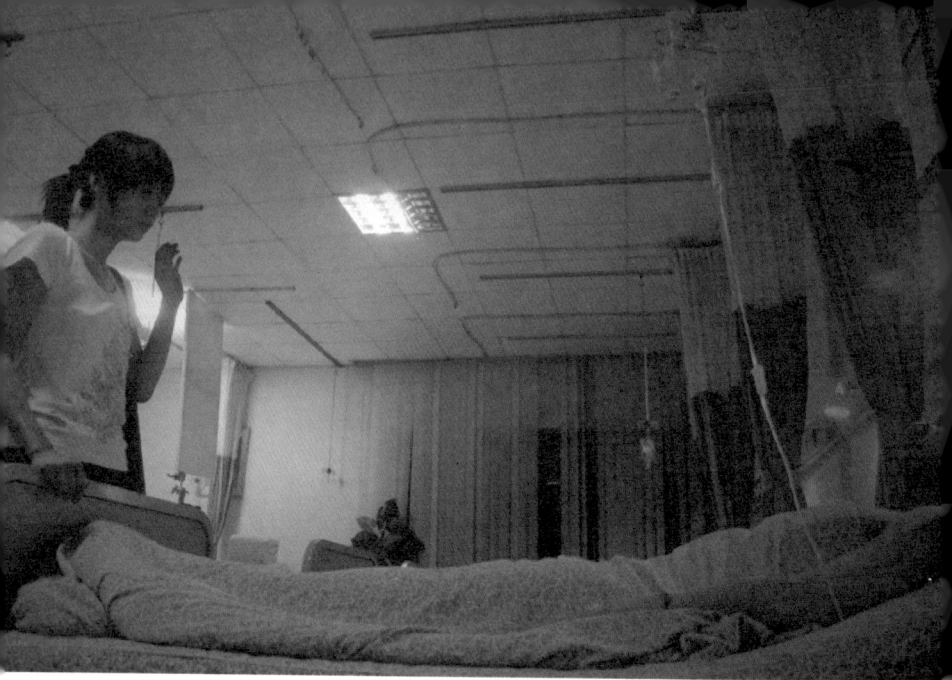

她只是觉得自己该走了，

觉得自己没有留在这儿的意义。

这一刻她眼里有悲悯和绝决。

他缓缓地从被子下面抽出右手，

费劲地，也摇了摇，也是一个口形，

看不出所思所想地，

又是年少时那样遥远的漠然，

似乎是下意识，

却也镇静自若地。

一个高大的背影从电话亭里出来，

缓缓地走开，

走到了人流里。

也许那就是亦欢吧。

是。

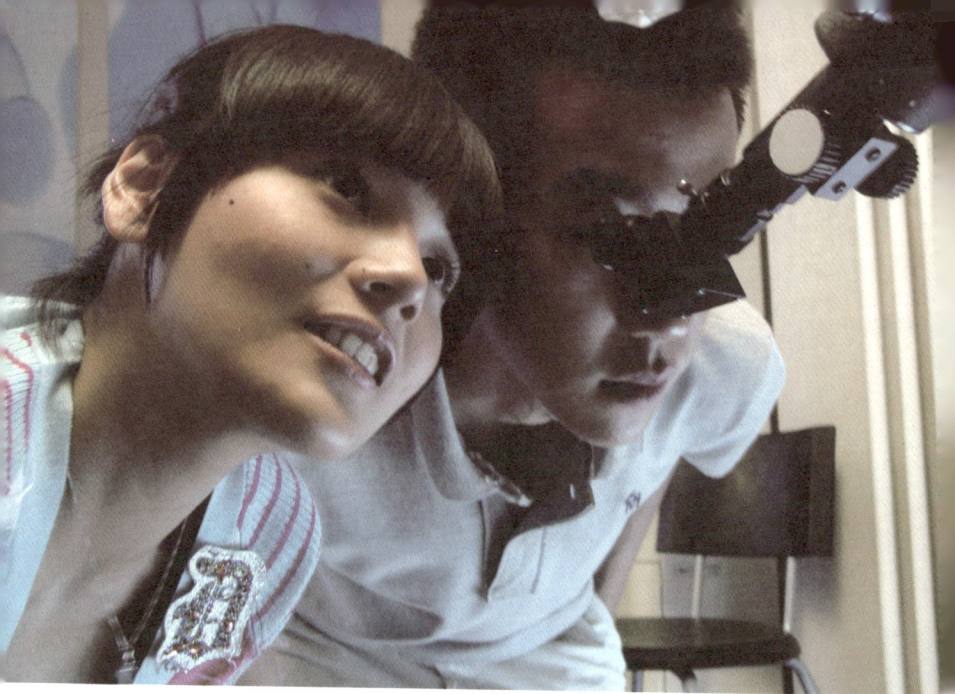

永亮总跟在七七身后，像她的影子，

期待某一天的某一时刻，会有重叠的机会。

亦欢觉得自己是和十六岁的喜又撞上了。

他明白这个女孩一直在原地等了他这么多年。

—— 义生：我曾经度过很多这样的黄昏，每到这时刻，

—— 我觉得很孤独……直到她说，我们都一样。

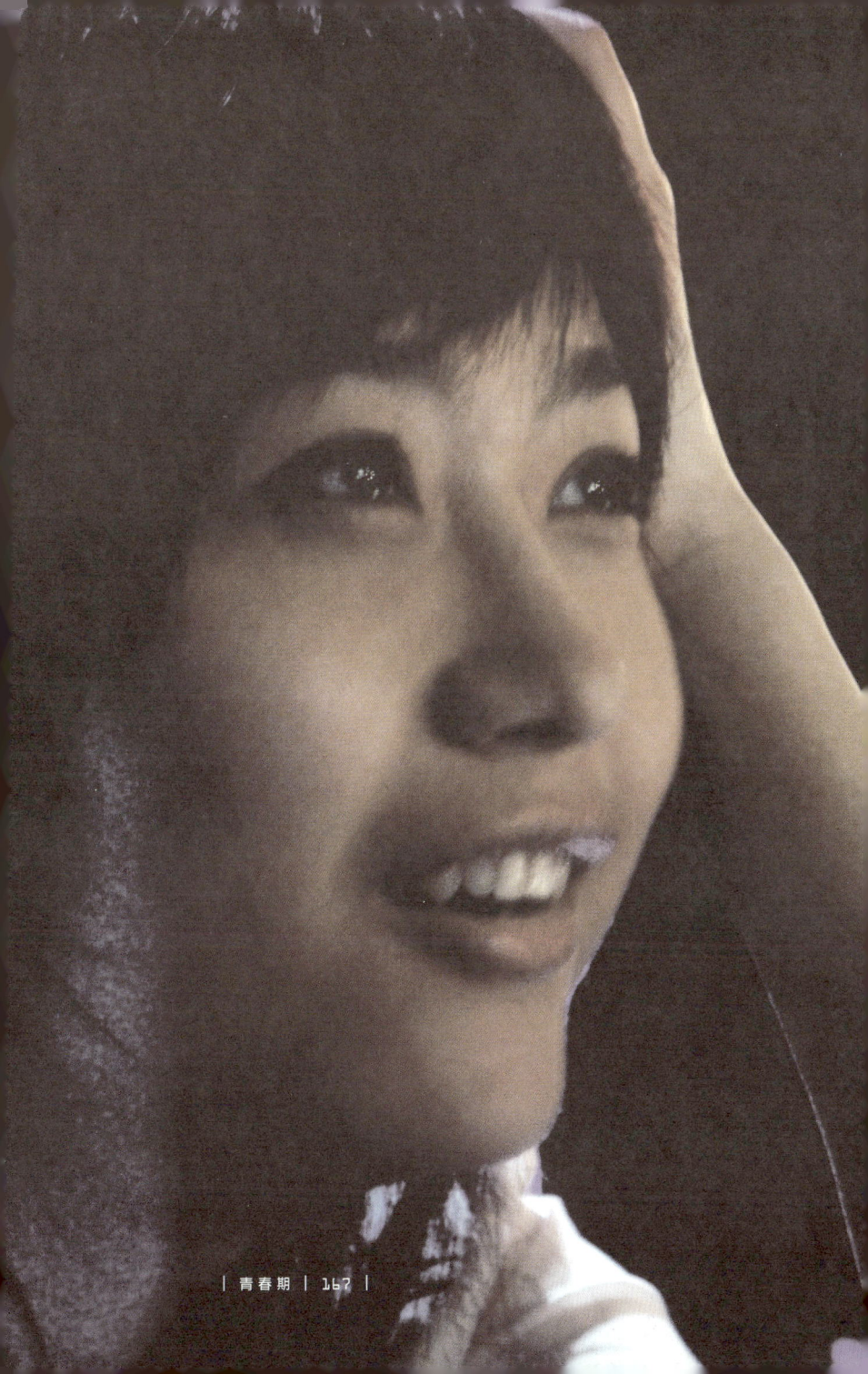

青春札记

唐大年　原来青春是这么回事

开头

开始制片人冯学东给了我一个故事大纲，故事的主角的情绪没什么意思，形式上又是"生活流"，不是特合我现在的胃口。

日常生活大部分时间都缺少戏剧性，生活在不停地变化，人也在不停地变化，但这个变化往往时间拉得很长，又很细微，无论那是沉甸甸或轻飘飘，拍成电影，对创作者和对观众都是专注和耐心的考验。所以，电影还是需要一个形式、一个结构，为枯燥的日常，散漫的日常，建立一个秩序，让肉眼所见的现实之外有一点令人惊奇的东西。

现在这个电影的故事是从赵赵的几个短篇里选出来重新编织的。有三个主要人物：喜、七七和义生。他们都生活在各自的世界里，互不相关，在一座城市里，他们孤独而疏离，可冥冥之中又有着莫名其妙的联系。关于梦、命运、沟通的故事。

田原

这个剧本写完，赵赵就说有个叫田原的小孩不错，样子很像剧本里的喜。我们从网上找了《诅咒》的片花，看了，我也觉得挺合适的。后来又找来《蝴蝶》的DVD看，不过那时已经跟田原接触上了。田原的年龄气质都和剧本中的喜很符合。另外，她不是职业演员，没有那种被塑造训练过的痕迹。是那种"艺术型"的，不是"娱乐型"。

拍摄过程中，发现，田原虽然不是专业演员，但还是很有表演经验的，走位置，接动作之类的都很准确。另外，表演上也很细腻，很稳。我们这个戏台词不多，很多情绪段落，正好发挥她的长处。

田原性格沉静，我们布光时间非常长，她很有耐心，不是举个照相机东溜达西溜达地搞创作，就是拿个电脑修图片，有一次我们转场在琉璃厂附近，我们一起去逛，她买了毛笔和字帖，后来就在现场练字。我还发现她包里常常揣着本外国小说什么的，纳博科夫啦，还有写《钢琴教师》那个奥地利女作家叫什么来着。总之，是个很专心的文艺小青年。

再有就是她虽然跟浦蒲完全是两类孩子，但在一块儿似乎很亲热，总是凑在一起叽叽咕咕，至于在说什么，我就不知道了。

东京只是在两次放映的时候见到田原，后来在派对上见她，也是一晃而过。但从闲聊里知道她玩得很疯，好像很是如鱼得水，听说临走一天，为了把时间留给玩，觉都没睡。这大概才是名副其实的电影节吧，拍戏的时候辛苦工作，电影节就是过节吧。

她似乎在日本还挺有人缘的，放映完有不少观众要和她合影、签字什么的。

田原虽然平时显得内向沉默，不是特别玲珑的样子，但在正式场合里，还是挺得体的。种种迹象看，她还是很有"星相"的，希望她能成功。

浦蒲

选演员的时候，有天来了个女孩，穿着黑大衣，脸吹得红红的，样子有点土，我扫了一眼就到另一间办公室去了，以为是经纪公司送快递的。——这女孩就是浦蒲。

她留在剧组的照片是一张盘，里面有一些她的照片，拍得随意，有的模模糊糊，有的特大的景别，人在里面只有一小点儿。可以看到她各种状态，不同情绪。

浦蒲和田原都有点与众不同，浦蒲是明亮的，田原是亚光的，放在人堆儿里能不会被埋没。不过投资人看到我定的这两个女主角，大怒，觉得这俩长得太难看了，差点没停拍这戏。

　　拍戏的时候，浦蒲得了个外号叫"没谱"，是录音组的培根叫起来的，大家觉得贴切，她自己也接受。后来我观察，她其实不是接受，而是根本没在意。她只知道这个名字是叫她，但她的脑子在别处，根本不去想为什么这么叫——随便怎么叫。

　　在女人街的一个酒吧拍戏，正在布灯，我远远看见浦蒲抓耳挠腮痛苦万状地冲进酒吧，一头扎进了化妆间。我叫人去看看她怎么了？病了吗？这才听说她从家来现场，下了出租车，放在后备箱的苹果电脑、大包衣服和全部化妆品却没拿。对她来说，差不多算是丢了半个家。后来有几天她锲而不舍地打了无数电话，想了种种办法，还是杳无音信。

此后我们在UHN国际村拍戏，有天她下楼去厕所，一手拿苹果，一手拿手机，等再上来的时候，吃着苹果，手机却不见了。

"浦蒲，打你手机怎么不接？"

"啊，我洗苹果把手机放在水池边了。"

……

和田原一样浦蒲也是作家，写小说写诗，写很多博客，也拍照、修片。感觉丰富，脑子糊涂。她和田原都有点像精灵，不过，一个是天上飞的，一个是在地下游荡的。

浦蒲爱动脑筋也爱聊天，每天都有很多想法。她经常会非常热情专注地谈一些言之成理、天真烂漫的奇思妙想，然后说，我是上海人，我很狡猾的。

白马

梦境里需要一匹白马，道具杨旭一口应承。要拍的那天晚上，有人跑来跟我说，马来了，马来了。我们在护国寺人民剧场里拍这场戏，白天运马的大卡车不让进城，所以只能是在晚上运来。

我到院子里去看那马匹。不是想象中的电影里的那种高头大马，昏黄的路灯下，一匹瘦马，很难说是白的——可怜的破旧的近乎白色。一匹下地干活的驽马。我想大概是杨旭他们村三大爷家的吧。

我说，马不是白的呀。道具们保证说他们可以用婴儿爽身粉给马"化妆"，"肯定会特白"。制片主任劝我，车和马的租金都已经花了，好歹拍吧。

我们拍摄是在二楼的大厅。那马不敢上楼梯。马倌和道具们又拉又打，又蒙眼睛，算是把马弄了上去。

剧组人等兴奋起来，围着马使劲拍照。照明们在布灯，直布到所有人都疲惫不堪，昏昏睡去。

要让马站在布好的光区里不容易，经常一开

机，那马就以一个很难看的角度对着摄影机。一遍
一遍地试，马倌一直站在马旁边安抚，等马稳住，
然后悄悄离开，我们悄悄开机。

那马站在光区里，呆呆不动，在强光中真的
成了一匹白马，瘦骨嶙峋，竟然有一种受苦受难的
气质。

有一条拍得很好，田原慢慢地一步步走向马，
来到马身边，抚摸那马，马似乎和她很亲近，默默
的，似乎有着交流。接着马突然开始走起来，然后轻
快地小跑，田原跟着它围着它，马蹄和高跟鞋踏在地
板上，有节奏地配合着，声音在大厅回响，一个女
孩，一匹白马，好像是在跳舞。

拍完了之后，大家松口气，准备收工，田原在
一边和别人说话，那马突然冲到田原身边，接着田
原就叫了——马被怒斥着抽打着牵开。田原胳膊上
留下了一个红色的牙印，马咬了她。是生气，还是
亲热，马的心思我们无从知道，不过这真是件神奇

的事。

接下来是马抗拒下楼。剧组七八个年轻壮汉和马周旋了两个多钟头，筋疲力尽，前边拉，后面又抽又打，蒙眼睛，喂草料，那马坚决不敢走楼梯。不久天就要亮了，如果它不下楼，八点以后卡车就出不了城了。

棍子不停地抽在皮肉上的声音是相当惊心动魄的，看来恐惧可以战胜皮肉之苦。我看不出它有多么恐惧，只能看到听到它的皮肉之苦，怒斥、抽打、拉缰，楼梯前，那马就是不愿迈下那一步。

看着它受罪，一点也使不上劲，没法告诉它，也变不成它，无法理解它恐惧，只能看着它被无谓地抽打。

四蹄牢牢蹬地，紧紧倚着门框，脸都要拉变形了，皮擦掉，绽出一道道血印。

设备都早已经收好，马倌、杨旭几番破口大骂，忘记了它听不懂人话。一群光着膀子的人围着这匹倔犟的瘦马发疯，另一群人围在旁边无奈。天渐渐亮了。我一直不想走，想看看它到底是如何迈出这一步的，最后想到白天还要拍戏，想到司机也该早点回去睡觉，还是没能等到它下楼。我从那马不敢走的楼梯上下来，感觉怪怪的，身后还传来叫嚷。

终究，那马还是下来了。——不知是勇气战胜了恐惧，还是筋疲力尽失去了意志。田原拍到了马在卡车上的照片，卡车蓝色的栏杆，背景有城市的桥和灰蒙蒙的天，谁也不知道那马内心——如果马有这个的话——经历了什么。

触电

灯光组有个叫李奎的徒弟，高个，年轻清秀，干活卖力气。

我们要拍一场四页多的大排档的大戏，一直找不到合适的景。周期紧张，希望能够两天拍完。最后决定就剧组住的宾馆旁拍。

傍晚，几个道具在往搭的架子上挂串灯，我和李俊、赵绯、东子等人坐在架子下吃饺子，照明军子和徒弟李奎爬梯子修路边发廊灯箱上的灯。突然李奎大叫一声，脚下的梯子歪了，人挂在空中。开始我以为是梯子蹬脱，手卡在什么缝里，随即才反应过来是被电击中。一个长长的身躯挂在空中，浑身颤动，军子上去拉，自己也被电开，灯光毛群在旁边喊"踹梯子！"军子一脚踢开梯子，李奎从半空掉下来，瘫在地上。接着毛群喊：都别碰他！都别碰他！我冲过去看，李奎肚子在一起一伏，眼睛闭着，双眼在眼皮下快速转动着。胳膊内侧一处出了一滴血，上面的皮肤有一条条划伤。

救护车大约二十分钟才到。围了一大堆人。

吸氧，擦伤口，心电图。我听到护士和大夫说，电流是从一边进从另一边出的。这时我才注意到在手和手臂上有多处血点，似乎是被电流击穿。

手上不能输液，转至脚上，左脚腕处扎了一针，没成功，改在右脚腕，才扎好。

急救一阵之后，大夫说，应该没有生命危险，其他还需要观察。

李俊似乎吓坏了。我听到他跟邓力维说，今晚上歇了吧。事后大家都跑到我房间，李俊说，当时看到李奎被电击，腿都软了，站不起来。

心情不太好。剧组连连出事，进度又慢，摄影和照明的慢条斯理把所有人拖得疲惫不堪。

本来一个悠闲的傍晚，转瞬间就风云突变。在抢救李奎的时候，刮起了风，响起了雷声。当救护车呼啸而去，看热闹的人缓缓散开的时候，雨点竟然噼噼叭叭地落下来。

喝酒

素食、纳兰安排去腾讯接受采访。田原、宋

宁、吴晓亮、赵赵和我。那天还正好是吴晓亮的生日。田原送了吴晓亮一匹布马。我们开玩笑，那可能不是马是骡子吧。

采访完，我们去五道口一个韩国馆子吃饭。浦蒲也来了。关机之后头一次人聚得这么齐，自然高兴。很快几个年轻人就喝醉了，大醉，然后就哭成一团。

他们都年轻，又都率性，不藏着掖着，不惧酒。田原闷声猛喝型，浦蒲胡闹瞎喝型，吴晓亮是老实让喝就喝型，宋宁比他们大点，使劲沉稳着喝型，而纳兰嘛是自灌自醉型。

我们几个老家伙——我、赵赵、素食，也喝了不少，但仍然是酒是酒，情绪是情绪，只能笑眯眯地看着他们，同时一个劲儿和服务员道歉。

拍戏的时候，他们整天凑一起混得很好。我很少能参与他们的对话。我喜欢坐在那儿，远远地看着他们，在他们身上看到的是真正的焕发的纯净的青春之美。无论他们高兴、嬉闹、茫然、害羞、专注，甚至疲惫、苦恼、纠结，都是美的。

自己真是老了。

青春

《青春期》开机前，想起某年曾经写过一点对青春的感慨，就翻笔记。从2000年　直翻到了1996年，才找到了那一段。靠，还2000年，真高估自己啊，1996年，十年前，你的青春就已经结束啦：

伊夫林·沃写道："热情，慷慨、幻想，绝望，所有这些青春的传统品性——除了青春以外的所有品性——都是与我们生命同生同灭的。这些感情就是生命的一个组成部分。可是青春的柔情呢——那种精力充沛的懒散，那种孤芳自赏的情怀——这些只属于青春，并且与青春一起消逝。"

康拉德写过一篇小说名字就叫《青春》。

那些昏天黑地的日子，那些"萤食天地"的日子，大把大把浪掷时光——在酒里，在街上。那些街上晃动的二十出头的身影，就是青春的身影。那时的无聊，是青春的无聊，那时的痛苦，是青春的痛苦。青春在以往的时间里若隐若现的游荡着，游荡、醉酒的青春啊，一去不复。

放老写过：春天，我们驾着马车，载着成箱的啤酒和女人，过家门而不入。

歌词："我的青春小鸟一去不回来。"

多么文艺的青年啊。

这两天歇着整理书，就这么巧，打开的第一箱书，面上就放着康拉德的小说集，头一篇就是《青春》：

唉！往昔那美好的日子——美好的日子啊。青春和大海。魅力和大海！和善的、强有力的大海，咸咸的、苦涩的大海，它会在你耳边轻声漫语，它会对你怒吼咆哮，它会揍得你喘不过气来。

他又喝了一口酒。

我相信，世上最可爱的莫过于大海了。是大海本身可爱呢——还是青春才最可爱？谁又能说得清楚呢？但是你们诸位——你们一生中都曾有所收获：金钱、爱情——在陆地上能获得的任何东西——可是，请告诉我，一生中最美好的时刻，不就是我们青春年少时在海上度过的那些岁月吗？那时候，我们年轻而一无所有，大海除了给我们沉重打击外什么也不会给——有时偶尔给一个感觉到自己力量的机会——仅此而已——可我们最怀念的，不正是在海上的那些岁月么？

……光洁的桌面像一片平静的棕色水面，映照出我们布满皱纹的脸；我们脸上留下了劳累、欺诈、成功、爱情的标记，我们疲乏的眼睛仍然始终不渝地、急不可待地想从生活中找到些什么东西，而这东西在你盼望着它的时候却已经逝去——在叹一口气、眨一眨眼的时间里不知去向了——和青春、和力量、和浪漫的幻想一起无影无踪了。

嘿嘿，原来青春是这么回事，当你身在其中，浑然不觉，当谈起来，它只存在于追忆和感叹之中。

| Young & Clueless | 188 |

田　原　　我的青春期还没开始呢

一

　　拿到青春期的剧本，正是好时节，绿色的封皮，薄薄的一本，躺在床上，听着音乐，翻着翻着就到了最后一页。我下意识地摸了摸眼角，竟然哭了……

　　于是，我开始回忆，是哪些字句，哪些情节触了我，犯了我，把那几十张纸翻了又翻，我只能承认是从第一场开始。赵赵太狠心，一开始就给喜定了性，一个暗恋别人的小丫头，从第一场开始，就有不祥的预感，这女孩不能出什么大事，可终究逃不过自己闷头难过。事实就是这样,喜被同一个男孩抛弃两次,中间隔着数年,这其中的滋味,一两句话也说不清楚。

可以说《青春期》是目前为止给我留下最多回忆的一部电影,拍摄的时间长,多亏唐导信佛,性子悠然,不紧不慢,给了我们很多闲暇的时光。拍完戏,我的电脑里多了好几个G的照片,经常是和浦蒲对着捏,小亮也没少捏,宋宁还用卷机,四个人的都是20世纪80年代文艺青年的范儿。

我和浦蒲的戏最多,所以也走得最近,我特别喜欢和她在一起,因为可以把我显得比较靠谱。丢东西,睡过头,开小差,这些在浦蒲身上屡见不鲜,可喜可贺的是这些毛病没让她烦人,反而把她衬得比平常人可爱。她是懂得生活,也尊重生活的人,这是我所缺乏的,她能给剧本包封面,改装衣服,自己发明菜谱,手工编制……各种装饰生活的小点子层出不穷,让人不得不佩服。

在赵赵的母校拍戏时，已经是盛夏，热得人发晕。浦蒲每天都带着床单，到了片厂就把床单在走廊上铺开，我们两人就把笔记本、书、MP3、小音箱、零食、水果、饮料等等物品堆上，一喊停就往上面扑，苦中作乐，回想起来都偷笑。最尴尬的是，学校教学楼的地面滑得要命，早上浦蒲摔了一跤，下午我又跟着摔了一跤，一个前摔一个后摔，百年难得一见。

　　浦蒲演的七七虽然外表看上去没心没肺的，其实内心和喜一样倔犟，笃信自己的那一套，开心和不开心都是自己的。所以，本质上和喜是一路的人，不然哪儿能走得那么近。生活中，我和她属于不像演员的演员，没有标致的脸，也没有左右逢源的性格，都是一路滚打摸爬走到今天，多少有点儿相似。在我看来，浦蒲把自己无私地带入了这部电影中，戏里给七七加词改词制造细节，戏外给大家熬红豆汤逗开心，没有她，我不敢想象。

接着，就得说抛弃我两次的人了。又高又帅，有点儿冷，完全符合剧中人物以及赵赵的要求。一些1999年那会儿玩朋克的朋友都认识他，有所耳闻。第一次见他，也就觉得他是剧本里的亦欢，没什么好说的，也就认命了。他身上，随手就能抓来一个让女孩着迷的小感觉，骨子里也有些拧，还有北京人特有的那股劲儿，实在想不出来除了他还有谁更适合亦欢这个角色了。

生活里，我最怕的属相就是鸡，最对不上号的就是双鱼男，这两项全被宋宁给占了。奇怪的是，倒也顺利拍了下来，没出大乱子。所以，我觉得喜应该是属龙，天蝎座的。只有这样才能有耐心听他用缓缓的语速说话，好奇他那些不易被发现的天真和伤感。

小亮跟我一起的戏最少，他给我的第一印象就是酷似房祖名。开拍的第一天，就是在北戴河，拍浦蒲的戏，我们就在一块儿聊天什么的，他身上有蒙古人的那种直率和豪爽，却又有难得的斯文和谦虚。后来看片子，突然发现他的表演拿捏得很细致，把永亮那种傻乎乎的执著演绎得环环相扣。

其实他也是玩乐队的，也玩玩摩托车，拍完这部戏，他瘦了，也帅了不少，显然是蜕去了永亮那层无辜直愣的皮，瞬间成熟……

拍戏的那段时间，我正在打官司，各种情况都不利，算得上是一生中最糟糕的时期。这种时候还拍戏，听着挺让人胆战心惊，但是反过来，如果不是在拍戏，我又会成什么样？《青春期》陪我走过了一段特别艰难的时光，戏里戏外的回忆都多得不能再多。

不管怎样，我们这帮人，曾经拥有了许多，观众能看到的也就是千分之一吧……

二

2006年中，从我口里出来的最不要脸的一句话就应该是：我的青春期还没开始呢！这是某次关于电影《青春期》的采访中说的，现在想起来甚是羞愧，估计那个时候拍戏拍得忘了自己的岁数。我已经快二十二岁了，若真是青春期的孩子，哪里能容忍二字打头的数字？

不过话说回来，有几个人的青春期真正开始过？青春期，一生也就一次，大多数人也就浪费了，一带而过。我十几岁的时候，看的是《燕尾蝶》、《猜火车》和《搏击俱乐部》之类的电影；听的是Nirvana，Smashing Pumpkins，Joy Division，Sonic Youth这样的音乐，总觉得青春期应该躁一点儿吧。但是我们心目中理想的青春期终归水土不服，全是资产阶级的青春期模式，在中国东南部的城市武汉显得极为水土不服。

我记得当时能做的也不过就是，学学《燕尾蝶》里面的口音，"说什么啊！"成了被使用频率相当高的一句话。课间休息的时候望着楼下的草地唱一唱my way，声音小小的，跟花坛里的飞虫差不多。上课的时候在下面看看自己的小书，一心二用，被老师点起来还得接得上话。书也是被装饰过的，包上一层书皮，好像普通课本一样，不易被发现。当然还有把耳机塞进袖子里面，拉出来捂在手心然后贴在耳朵上，这样就可以在不被发现的情况下听听音乐。那个时候用的是日本产的CD机，听的是打口CD，不像现在随手就能把几万首歌装进口袋。

但是，青春期里，想得太多，做得太少，大部分时间都在学校耗尽了。早上七点一刻开课，晚上八点一刻下晚自习，中午四十五分钟休息，晚自习之前一个钟头休息，周六周日无休。省重点中学都这个路子，回头想想，真佩服我们自己，这种日程里，还能腾出时间听音乐、看片子、读小说、谈恋爱、打架、玩游戏、打篮球、踢足球、玩桌球……都是这么过来的，没弄出什么大乱子，暗涌着。

在出唱片之前，也不过是个老捂着自己的小孩。那张跳房子的唱片，其实是把我的青春期卷进一个怪圈，觉得没头没尾。几次觉得到了终点，环顾一下才发现是下一轮开始，到了最后竟分不清起点和终点。几年以来，一路很幸运，却也暗藏杀机，暗自吃着苦头。诡异的是，拍摄《青春期》的那段时间正好是迎来了我至今最糟糕的一段时期，亲人的离去和官司叠加在一起，挺让人崩溃。

在人民剧场拍梦境，弄来了一匹大白马。那天下午，马场的人就把它装在大货车里运了过来，结果一候场就候到了后半夜。导演说马太黑了，弄白一点儿，于是又刷又抹白粉，折腾半天。马是有灵性的动物，转钟了，恍恍惚惚地，在灯光下，我总觉得在做梦。

和马走近，能感觉到它重重的喘气，睫毛又硬又长，在大灯下面闪着光。一听到导演喊开始，现场突然就安静了下来，只有胶片优雅地转动。我跟它走得更近，玩得很默契，有那么几秒，我真的觉得和它亲密无间。直到导演喊停，所有的人都瞬间松懈，稀里哗啦地一片声响。那感觉，是甜美打瞌睡的时候被老师叫醒了，我愣了一下，然后转身离开。这个时候，白马轻轻咬住了我的胳膊，留下红红的齿印。

那天收工的时候，剧组里所有的男人都出动，才把白马拽到楼下。它暴躁地挣扎，几次重重地撞在门栏上，发出类似撞车的声音。女孩们都躲进了最里面的房间，恐惧得好像台风降至。它被装上车的时候，身上已经被抽裂了几道，露出分明的红色。

我看了一眼手机，是妈妈发来的短信，说姥姥凌晨三点过世。推算一下，大概也就是我被咬的那个时候。

拍完《青春期》，不管别人怎么看、怎么说，我是觉得我长大了。

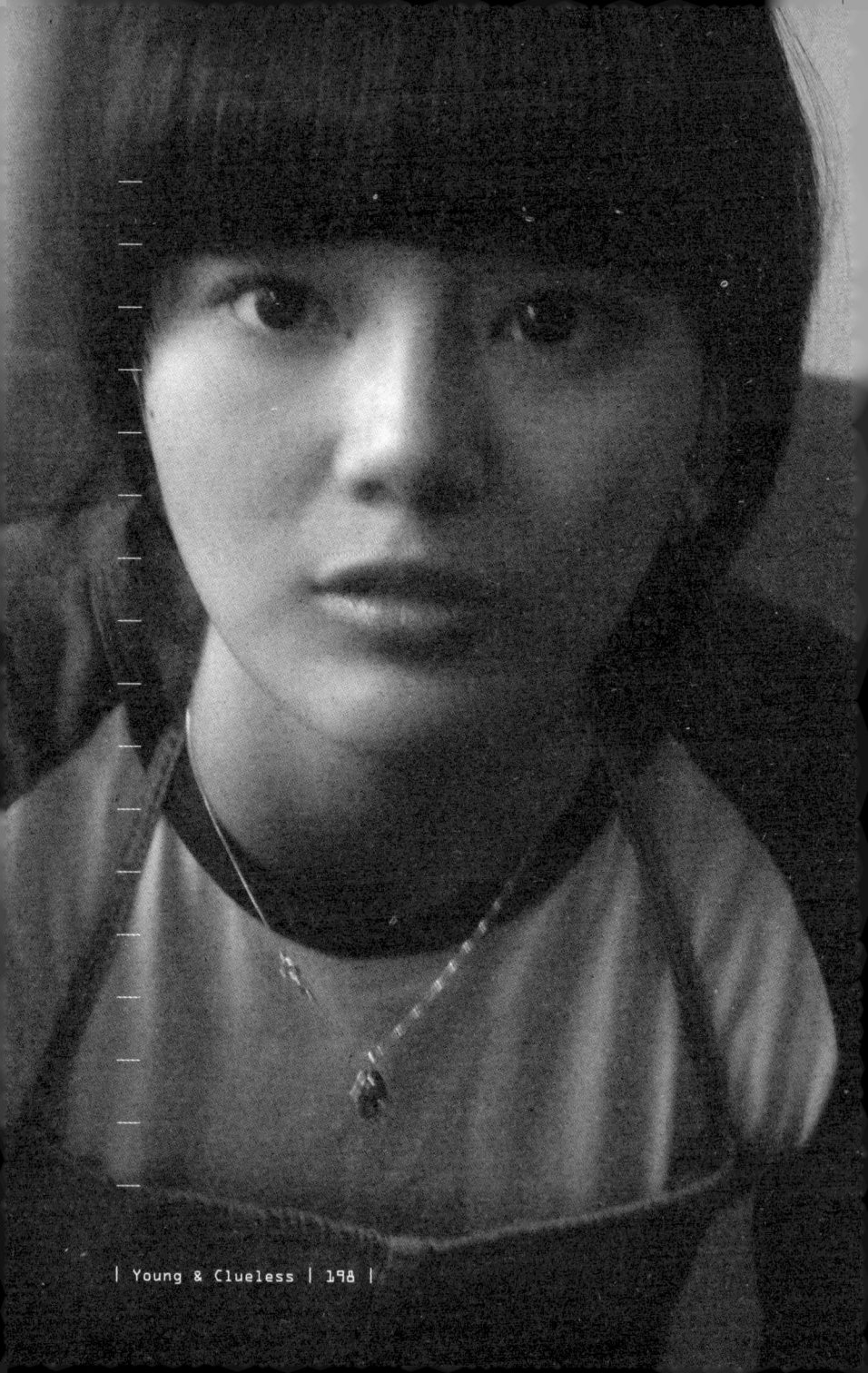

—

—

—

浦 蒲 这不是电影

—

—

—

与同龄人相比，我的青春期和我拖拖拉拉的个性一样，都迟到啦！呵呵！坏毛病！

Ok.既然已经迟到，就不铺垫前奏了，直接讲故事。

初中的一天下午，老师把整个年级学生放在阶梯教室，用人体模型和录像带给我们上了第一堂生理知识课。终于让我了解了青春期我们身体上的变化——那些变化对我来说似乎并不有趣。 即使某些部分我也很好奇，可是和那么多人在一起，我哪敢提问，心里也一直觉得怪怪的。我觉得人长大，好像是物种回归一样，要在干干净净的身体上长出可怕的毛发！哇！！光凭这一点我就很受不了。那个时候，我的身体除了微微长高一点之外，和小学时期一样没有发生任何质的变化，依然是全班最矮小的小不点儿。

然而对于这一点，我基本上没有一点抱怨，因为我已经习惯了当全班最矮小的女生。从幼稚园一直到初中，一直就是这样。就如同一条在鱼缸里被喂大的鱼，长期对于鱼缸的空间适应后，对于大海……怎么说呢即便是向往也不敢指望吧？！是一个道理吧，MAYBE……我妈有时候开玩笑会说："我女儿从小就是演'铁达尼号'的女猪脚。"因为排队总是会站在第一排；两手张开！……从没有试过第二种手势……切！怎么会有这种妈，拿女儿的生理缺陷来开玩笑！过分！要知道，我脚下踩的既不是甲板也不是大海，前面既没有充满激情的海风迎面吹来，后面也没有杰克浪漫深情的相拥！即便操场上刮起小小微风，飞起的流海却是个西瓜太妹头！ 嘿！这个女猪脚当的，算怎么回事啊！还不如回家啃猪脚呢！mu……

说实话，想长高的心情还是挺强烈。比如在体育课上，特别是三千米长跑训练的时候，每次班里总有几个女生因为特殊原因而有正当理由休息。我当然知道她们中间谁是冒充"大姨妈来访"的大话精。而让我愤怒的真正原因是：我却不能站进她们中间去冒充一回，哪怕偷一次懒……唉！！

F： "像你这样的身材要是也那个，那个的话，很有可能会被认为是一只侏儒!"

P: "我！这——"

F: "这样，你喜欢的体育委员就更不敢追你咯！ 自己看着办吧。 "

P: "……"

我的好友给了我无情的打击后，喝了一口水，然后毫无愧疚地坐到双杠上。眼睁睁地看着苦命的我伸着舌头在操场上绕圈。体育老师像马戏团的训兽员一样，吹着刺耳的哨子发号施令，一点都没有同情心。世界真冰冷！呜呜……

　　而我的思想明显要比身体早熟。那个体育委员并不是我第一个暗恋的对象，在这之前我还暗恋过同级另外一个班也很矮的一个男生，早晨出操时他排在我旁边。等到伸展运动时他的手指尖有时候会碰到我的手指尖。只是轻轻的碰触，就能让我的心脏像受到了什么强烈刺激一样拼命乱跳，紧张得连走路都会同手同脚。但现在竟然已经记不清楚他的样子了，只记得他的手很好看。还有到底是因为他的手碰到我而让我喜欢上他，还是因为我喜欢他而让他的手碰到我的手？！已经记不清了。管他呢！

　　说重点。最后那个男生让我瞬间熄火的原因是：有一天放学回家见到他。由于爱的牵引，我就像被吸铁石吸住了一样：跟在他屁股后面……结果见到他的牛仔裤被夹在屁股缝里竟然还毫无感觉地继续前行……看着那个很别扭的屁股缝隙一摆一摆的那一瞬间，我的眼睛比夹着的人还要难受。于是，我的暗恋初体验也和我say bye bye了！而关于体育委员给我的打击，则让我第一次极度地希望长高，他竟然……居然……说我不在他的视平线范围内！

日本有一个漫画作家叫高木直子。虽然姓高可并不高。和我一样矮小的她写了一本《150CM的生活》，那简直就是本人的真实写照，说出了我初中时代的心声啊！于是我就加入了高木家的大粉丝行列，买了所有她的书。尽管写的都是些很平常的小事，甚至被朋友笑说是"弱智书"群！不管！不管！我不管！ 虽说我们还不认识，连语言也不同，可一想到远在他国的某个地方，竟然有如此相似的人类存在。多好啊！！

高中时期的第二个暑假，终于让我永别了150CM都不到的矮子生涯。在短短几个月内，我的身高以惊人的速度上蹿，天天做梦从悬崖上掉下去，我怀疑内心的缺乏安全感会不会是从那个时候逐渐形成的呢？！一个谜！放弃不睬！妈妈说，这说明我在长身体了呢。不管是在容貌上还是思想上，我的变化可不是三言两语能说完的。一个暑假蹿了十几公分的我，最后竟然成了家里最高大的怪物，甚至比我的爸妈都还要高。从噩梦中惊醒，妈妈把我搂在怀里，感觉我们的比例好像颠倒过来了！ 好奇怪！ 奇怪，在这种事情上，怎么也要走极端呢？！又一个谜！放弃不睬！——后来——后来——我和我的好友们；和你和他或她几乎都一样，也经历了初恋，失恋，低谷，追求梦想，计划未来，欲望膨胀……blan，blan，blan……

　　对我来说青春期是个很心烦的时期。不管是在身体还是心灵上，每一个细微的小小变化都让我很不冷静。对于别人的眼神，对于父母的期望，对自由的向往；对于未来，对于梦想，对于爱的人……

一大堆成长的烦恼不停摇晃着我平静的小小内心。

我想青春就是这样一种存在的过程吧。或许有些感情用事，或许有些不知天高地厚，可我们就是用这样稚嫩的触角去接受一切，难过的，开心的，激动的，无奈的，这不是电影，没有结局，没有解释。只有无法言语的解读被书写在身体内层。

宋宁　我就要晚两年

青春期，国家规定年龄界限在十岁到二十几岁之间，男孩儿要比女孩儿晚一两年。所以我写这篇文章也要比女孩儿们晚交上二十天一个月，催吧，反正我严格按照大自然规律。

让我写什么东西啊？是为了配合电影《青春期》的发行吗？还是什么？出书？是说电影不放了就出本书吗？！靠，白拍啦？！不知道！这倒是真有些像青春期的我，懵懂，牛哄哄，感觉对什么事都得略知一二。其实，什么都不知道。

如果现在的人们不论多大岁数了都不承认自己老了，那我就把青春分个期，就像楼盘一期售罄了还有二期三四期可以买，房子只能越盖越好，人只能越活越……看你自己吧。青春第一期的那些玩意儿，我终于玩够了，所以我决定，进入第二期。国家规定男孩儿青春期二十三岁结束？我就要晚两年。

　　我不想一一说出小时候干过的傻事，有趣事，伤感事，恶心事，好事，坏事，朋克事，像雷锋一样的事，不是人干的事。因为每一个人都有过或多或少，或平庸或不寻常的经历，所以就别费力向人证明自己有多各色了，或者，我自己觉得就够了。这一切就因为前一阵逛书店看到一本什么好男儿的写真集，里面不仅有小时候的照片还有一些所谓有趣的事情，例如"口水流出来了可爱吧哈哈哈"什么什么的，谁没流过口水？！就差掉茅坑里了。

　　所以说来说去，大家都是一样的，只是十六七岁的我比较看不惯比较易怒比较事儿罢了。我写这篇文章的口吻尽量还原n年前的我，如果你认为宋宁你本来就这副德行那你可就错了，其实我现在可是觉得那些男儿们可都帅呆了呢！娃哈哈哈哈哈！

我们的青春期早都该过去了，那部电影也早就拍完了。以后就这样，好好地，像个大人一样。大人!? 呵哈！你笑什么！严肃点！okokok，请你继续说，像大人一样……然后呢？大人什么样？想到这个，我又憋不住想笑！

瞎写了这些，我只能说，还原得还算真实。

吴晓亮 我错过了谈恋爱的好时期

青春期是段美好的时光，我不太清楚自己什么时候开始步入了青春期然后再离开的它，从来也没注意过……

还是说说电影吧，记得第一次见导演的时候感觉他很和蔼和亲，每次都要跟我谈论一些电影和家乡的话题，然后让我看剧本问我喜欢哪个角色，我当时毅然选择了义生，也就是那个农民工青年……

但最后还是让我试了永亮的戏，也很喜欢这个人物，但是很担心演不好，因为我跟永亮性格上有一定的差距，但我还是硬着头皮上了……

　　试戏的时候我去得比较早，导演把剧本给我，说一会儿要试第八十八场，我扫了一眼，哦？这场戏里还有吻戏，开始紧张了。其实每当试戏的时候我都会紧张，因为一切都是未知数，而且还不是那么了解剧本，还有场景的不符合，这也许就是野演员的毛病。没过多久女演员来了，接着就是走了两遍戏，然后很不自然地试完了。快到家的时候导演打电话过来说还有个女演员要来，让我能不能再回去陪她试一下戏，当然好了，我掉头就回去了，还是第八十八场，我当时想：不错……导演还真照顾我啊！呵呵。

　　没过几天通知去试装，造型还好，脸上多了颗大黑痣和一副看起来不太合适的眼镜，据田原说很像变态杀手。见到了编剧赵赵，看着个子很高，还挺瘦，没跟我说话只是笑了笑……

　　接着就开始了紧张的拍摄，剧组里气氛很不

错，演员和工作人员之间的关系也都很好，也许是年龄相近的缘故吧，大家很快就成了好朋友。导演也总是笑呵呵的，感觉脾气很好，就算一场戏拍了N条他也会笑着去跟演员说戏。我们的赵老师也经常会过来探班，还经常带着个子不高的女六号，在一旁说着片场里的事。

回想了一下自己的青春期是怎样的，好像只有书本，音乐。当时我每天的任务就是早起上学，但我那段时期疯狂迷恋上了音乐，确切地说应该是摇滚乐，每天要听很多国内外的摇滚歌曲，埋头练琴，经常逃课去跟乐手们排练，我们排练的地方是个不足二十平方米的平房，租金为每月五十元，为了不会吵到左邻右舍我们经常会选在下午排练，但不管多么小心注意，我们偶尔还是会被穿过玻璃直飞进来的板砖砸到。

我立志要成为一个出色的乐手，记得当时拥有的乐器只有一把一千多元钱买的国产电吉他和低级效果器外加二十瓦的音箱，但我自己清楚以目前的水平这些东西已经够用了。高二的时候我举办了自己的演唱会，找了好多同学连夜用汽油桶搭的舞台，借来的乐器和音响设备！演唱会当天来了五百多名观众，记得当时门票卖五元钱，唱了十几首歌，都是些copy来的朋克，气氛还真不错，当时特有成就感，后来听人说我妈妈在台下哭了……

就这样我错过了谈恋爱的好时期。但经常会收到隔壁班女生给我写的信，信的内容已经记不清了，算不上是情书，就是什么交个朋友之类的话！我就是随便扫一眼也不会做任何反应……现在再不会有这种经历了。

Young & Clueless
青春期

导演 _
唐大年

编剧 _
赵 赵

主演 _
田 原 - 喜
浦 蒲 - 七 七
宋 宁 - 亦 欢
吴晓亮 - 永 亮

1 > 操场某角落　日　外

一个男孩的头重重地顶在海绵垫子上。

所有的人都是倒着的。

有人在倒着打篮球，有表情严肃的老师倒着佝偻着腰抱着讲义匆匆走过，一些人倒着拿大扫帚扫操场，并绕过头顶上的一摊积水……一切看起来有点奇怪。

2 > 操场边的双杠　日　外

（女孩子都穿白衬衫和黑裙裤）

刚才的一切之所以倒立，是因为喜和七七正头冲下吊在单杠上看着这一切。喜笑着，但因为头冲下，从正面看上去，她的嘴角是撇着的，像哭。

七七终于扛不住了，抓住单杠，翻坐上去。她脸上有明显的七个小痣。

七：你头不晕吗？

喜仍然看着跳高男孩的方向，摇摇头。

七七十分纳闷。

七：不涨吗？

喜仍然摇摇头。

七七想起什么，也嘻嘻笑了。

七：你上辈子一定是蝙蝠。

喜仍然看着跳高的男孩。

七七顺着她的视线看过去，看见亦欢一个人在操场的一角，孤独地跳啊跳，背跃，摔在垫子上，杆掉了，他伸手去搭上，再回到原位，慢慢起跑，加速，跳，摔倒在海绵垫上。

亦欢很瘦，很高，面无表情，目不斜视，极酷。

他旁边有几个女孩很明显也是在看他，而且不停地交头接耳，一脸掩饰不住的喜悦，为他跳过去而高兴，为他跳不过去而发出遗憾的叹息，唧唧喳喳，十分烦人。

但亦欢不看任何人。

七七又看看倒吊着的喜，她总是猜不透自己这个不爱说话的朋友的心事。两个人的相处就是这样，总是她在发问，而喜点头或摇头。

七：他知道你喜欢他吗？

喜还是摇摇头。

七七叹气，不以为然的口气。

七：好歹要给他知道吧？

喜不吭气。

七七从杠上跳下来，跳到喜身边。

七：你就是总这么倒吊着，所以把脑子吊坏了……哎，说个绕口令：墙上有把刀刀倒吊着。

喜消化了一下，试着说出来。

喜：墙上有把刀刀掉掉着……

伶牙俐齿的七七哈哈大笑起来。

喜敏捷地翻了一圈，下来了。傻笑地撞了七七一下，显摆。

喜：不晕。

七七也笑起来。

七：傻瓜，还不晕？

两人不为什么特别可笑的事就笑成一团。

喜还在试图说绕口令。

喜：墙上有把刀刀掉掉着……

是雨后那种好天气，阳光极其透亮。

操场上一片宁静安逸的气氛。

3 > **操场某角落 日 外**

亦欢开始收杆，叠海绵垫子。看意思是训练完了。

旁边那些窥伺的女孩像是见到肉的狼群，一拥而上。

群：亦欢亦欢，我帮你……我帮你抬垫子……这个给我吧……

亦欢仍是漠无表情，也没去抢，也没言谢，他拎着刚才扔在旁边的包往教学楼里走。

慢吞吞地。

转身的时候，他突然好像无意识地往双杠的方向看了一眼。

但显然是有意装成无意的。

喜和七七正追跑成面对着他的方向，虽然隔着半个操场的距离，她们仍然停下了，感受到那种注视。

亦欢和喜都没有表情，但目光交接。

隔着操场的一望，原本可能也望不出什么。

但似乎又有什么。

亦欢面无表情地转身进了楼道。

身后那群女孩正在忙乎地替他拉着器材。

4 > 操场边的双杠 日 外

看到亦欢的身影消失在楼道的黑影中。两个女孩停了一秒，突然喜攥紧拳头，像是赢得什么胜利似的做出得意的姿势，脸上的五官挤成一团，发出"YEAH——"的声音，得意地笑着。但那声音又不是很大，克制着，小心地，怕给七七之外的人偷听到她的喜悦似的。

七七很有默契地也陪着她笑，帮她把内心的话惊喜地说出来。

七：他知道——!

喜不讲话，只是笑，然后向操场的另一个方向跑了起来。

七七在后面追她。

笑声零落地飘回到双杠的位置。两个女孩像两个小疯子一样跑远了。

5 > 教学楼楼道里 日 内

两个人冲上来，有点气喘吁吁，脸上的笑意仍未退去。

永亮捧着一叠本子，估计是要送到办公室去，迎面走过来。

永亮戴一个旧旧的黄边眼镜，看上去是很得老师宠的那类班干部的样子。

看见喜和七七，他眼睛一亮，迎上去，自信地打招呼。

亮：嗨，七七。

总是笑嘻嘻的七七突然就绷起了脸，轻不可闻的"嗯"了一声，迅速绕开。

永亮有点失望，回头看着她俩走远。脸慢慢虚掉了。

喜回头看着永亮，又看着七七笑。七七不回头，脸上的表情是骄傲的。

阳光把楼外的树影打进楼道里，所有的影子都清晰而干净。

6> 马路边 日 外

放学，学生们仨一群俩一伙地走着。

七七和喜也在人群中。

亦欢骑着自行车出现在她们身后。不疾不徐地跟着。手插在兜里，土帅土帅的。

七七走着走着，感觉到身后有异，回头，眼睛一亮，捅捅喜。

喜回头看见，一愣，脸马上红了，迅速回过头来。

七：跟你的吧？

喜紧张地慌乱地摇头，推脱责任似的。

喜：（匆匆地）不知道。

两人加快了步伐。

但亦欢的车速也快了起来。始终和她们保持一定的距离。

7> 某岔路口 日 外

七七和喜在岔路口道别。

喜接着走。

亦欢转向她这个方向。

喜边走边微微地斜身用余光看，看到亦欢的车轱辘，脸又红了，但有点欣喜。

两人就这样一前一后地行进着。

喜走到某楼前，头也不回地进了楼道。那样子像是一头扎进了楼道。

亦欢抬头看了看楼外墙上贴的标识楼号，转方向骑走了。

越来越远。

喜这才从黑黑的楼道里慢慢探出头来，翻翻白眼。（得意惊喜又不甘心他只跟到这里就回去了）

8 > 课堂上 日 内

学生们在答题，所有人都埋着头，有人咬着铅笔头翻着白眼做苦思冥想状。

喜靠窗坐着，她一边答题，一边无意地向窗外看了一眼，然后视线就被吸引住了。

操场上，即将毕业的高三学生正在一群群地摆椅子准备照毕业相。

9 > 操场上 日 外

亦欢面无表情地在和众人一起摆着椅子。有女同学凑上来，有点上赶着搭讪着什么，他撇撇嘴角，很懒得说话似的，明显并不热情。

楼上窗里的喜若有所思地看着。

10 > 课堂上 日 内

七七答完了卷子，一派得意扬扬地把笔一扔，伸伸懒腰。

然后歪头看着窗边的喜，有点纳闷她在看什么。

她旁边的永亮看了她一眼，急眼了。咳嗽。

七七听见，收回视线看他。

永亮挤眉弄眼，卡脖子上吊似的示意，七七觉得奇怪。

永亮翻过卷子，指指。

七七也翻过来，才发现后面还有一道大题。吓出一身冷汗，吐吐舌头。

连忙埋头接着写。

永亮这才放下心来，笑笑，低头答题。

刚答一会儿，听见窗边有动静，原来是喜起身交卷了。

七七和永亮都看着她的背影。

喜把卷子放到讲台上，出了门。

从开着的门可见她一溜儿小跑。

七七和永亮都一脸惊愕。

11 > 操场上　日　外

亦欢已经和同学们站成了上下三排，前排中间坐的全是各科的老师。

对面有个摄影师在指示他们如何排队，换位置之类。

亦欢站在最高一排的正中，表情一如平常般木然，像是在参与与自己无关的事情。

但周围的同学不一样，有多情的女同学甚至在抱头抽泣哽咽。

12 > 摄影师的镜头里 日

可见这些人都整整齐齐地挤在镜头里了。有女同学眼睛还红呢。

这时，不易察觉的，喜的身影出现在镜头的一角。

13 > 操场上 日 外

她站得很靠后，很远，因为在镜头里显得极小，摄影师也并没注意到，抬起头，喊着。

摄：准备好了啊——我喊一 —— 二 —— 三，你们笑啊，喊茄 —— 子……

大家已经开始笑了。

只有亦欢惯性地皱着眉头。

喜在一边假装若无其事地踱着步子。亦欢并没看见她。

摄影师又低下头去。

摄：一 —— 二……

14 > 摄影师的镜头里 日

摄：三。

咔嚓一下，画面定格。

在喊三的时候，在旁边溜达的喜也面冲镜头，微笑起来。

她的笑容也被定格在这张照片里。

15 > 教室里 日 内

这张照片被手拿了起来，是亦欢。

班主任正在发毕业照，人手一张，大家都在端详。

亦欢看见了角落里的喜。

他漠无表情地看了一会儿，突然，笑意涌现。

那一刻，这个很少笑的男孩的笑容，让全世界似乎都变得很温暖。

16 > 教室里 日 内

永亮在发之前考试的试卷。

发到七七，他意味深长地看了七七一眼。

七七装做若无其事地接过来，看看分数，八十九。

她如释重负地长出一口气，一边看了永亮一眼，嘴形是"谢谢"。

永亮笑了。

接着往后面走去，发卷。

七七翻过试卷，她险些没答的那道大题，密密麻麻地写满了字。

17 > 地铁站台 日 内

七七站在月台上，捧着一本星相书看。

她把脚摆成各种姿势，内八，外八，丁字步……自己跟自己玩着。

一双穿着球鞋的脚停在她旁边。

她抬头，看见永亮，笑笑，关上书，放到背后。

永亮也笑了。

亮：为什么那么粗心?

七：我总是这样的。

七七说话的神态有点任性的孩子气。

地铁来的方向有隐约的灯光，两人望着同一个方向。

永亮偷偷看七七背后的书的书名——《麻衣神相与星宿故事》。

等车的乘客往黄线边涌来，有坐在椅子上等车的也起了身。

地铁呼啸进站。

18 > 地铁车厢里 日 内

喜局促地坐着，不敢抬头，但眼睛又紧张地左顾右盼。窃喜。

镜头拉开，原来她旁边坐的是亦欢。

亦欢不像平时那样冷着脸，脸上有说不出来的表情，也许他觉得喜是好玩的。

偶尔，他会扭头看喜一眼，用有点好奇的目光。

喜的余光感受到他的注视，脸渐渐地红，装做看不到。

亦欢看着对面的玻璃窗，两人黑糊糊的影子，脸上又有隐约的笑意。

19 > 废弃的铁道 日 外

两个人一直走着，黄昏。

像是要走到夕阳里去，很美。

喜手里还拿着铁路边长的芦苇花。她在一侧铁轨上努力保持平衡地走着。亦欢在旁边的枕木上亦步亦趋。

突然，喜从铁轨上跳到枕木上，跳在亦欢面前。

欢：怎么了？

喜：走不动了。

两人默默地坐在铁轨上。向着夕阳的方向。

坐了一会儿，亦欢若无其事地搂住喜的肩膀。喜的眼睛出卖了她，她有点激动。

但她的身体好像僵了似的，仍然举着芦花。

但一直亦欢看都没看她。

待了一会儿，亦欢又把她的头用力搂在自己下巴上。

喜的姿势极怪异，歪着头。看得出她对这个姿势并不感到舒服，但她不动。一只手仍在僵硬地举着芦花，有点可笑的。

亦欢还是没看她。

又一会儿，亦欢歪头看她，看她可怜巴巴地眨着眼看着他，不知道他要干吗但异常地配合，亦欢笑了。

她看见他笑，放心了，也笑了。

亦欢缓缓地探过脸去，吻她的唇。

喜睁大了眼睛，她不会接吻，紧紧闭着嘴，眼睛乱转着。

亦欢闭着眼，好像很陶醉。

喜仍十分可笑地夸张地举着芦花。

芦花飘。

20 学校门口的传达室　日　外

学生们的信都在传达室外的一个箱子里放着。

喜正在里面拣着。

七七在旁边看着她。

喜拣出一个白信封，笑了。拿着转身就走，边走边拆。

七七探着头。

七：说什么？

喜因为看信，而走得慢了点。

看了会儿。

喜：没什么。

她把信折起来，塞进兜里。

七七不甘心，有点故意的。

七：你们俩不合适。

喜看着她，眼睛里有不安。

七：（解释）真的，你们俩的星座和血型都不合适。

喜不理她，一溜儿小跑进到楼道里。

七七追。

季节变换的空镜

21 学校门口的传达室 日 外

箱子里是空的。

喜从旁边过，目不斜视地走过去了。

过去了，又停下脚步，原地回头看了一眼，周围没什么人。

姿态可爱地退回来，探头看了一眼，确实是空的。

她木无表情地走过去了。

她的背影是很有点孤单和不舍得的。

22 教室 日 内

大家坐在下面，精神状态显然已经松散，坐姿散漫。

班主任在台上说着。

班主任：……所以从明天开始，大家每周一到学校来就可以了，其他时间在家里集中精力全面复习，以最饱满的精神面貌迎接高考……

喜又坐在窗边，她显然没听见老师在说什么。

她看着窗外的操场，看着亦欢他们照毕业照的地方，若有所思。

那里有低年级的学生在上体育课。

23 喜卧室 日 内

雨。

喜和七七面对面坐在床上，漫不经心地看书复习。

七七头发凌乱，目光焕散，显然已经复习得七荤八素，进入癫狂状态。

她一会儿换个姿势———会儿盘着腿，一会儿躺下架起二郎腿，一会儿又躺倒，把双腿伸直支在墙上。

喜沉静地一直盘腿坐着，终于也被她搞晕了，啼笑皆非地看着她。

喜：你好像疯了。

七七"腾"地翻身坐起。

七：当然。能不疯吗？

她把手里的书直递到喜面前。

七：你说，我会数钱不就行了？会加减乘除不就行了？为什么还要会阿尔法贝塔锐角钝角？（抓过喜手里的书，看了一眼，递回给喜）你说，南北朝时代种什么作物关咱们什么事？反正他们现在都死掉了啊。

喜被她逗得哈哈大笑。

喜：要你这么说，什么都没有意义，我们也会死掉啊。

七七想了想，得出结论。

七：对，人生没有意义，一切都是浮云。

她趴倒在床上，佯睡。

喜起身，给两人的杯子里蓄了水，端了过来，一杯自己喝，一杯递给七七。

不用说话，七七也睁开眼，就是熟悉到可以相互感觉吧。

七七身子没动，只懒洋洋地伸出手来接，一边问。

七：亦欢还没信儿啊？

喜刚刚被七七逗出的心情顿时没了，她沉默地坐回自己对着窗的位置，继续复习。

七七看到她的反应，也不好再说什么。

她起身大口咕咚了几口水，把水杯放到窗台上，顺手拿起旁边的书包，从里面掏出一个望远镜，开始左右看着街上不多的行人。

喜见怪不怪地看了她一眼。

突然间，她的望远镜停在某个角度，她的神色也从无聊变成吃惊，继而严峻起来。

24 > 望远镜的双筒里 日 内

七七的主观视线里。

亦欢正举着一把透明的伞，和一个女孩沿着街向喜家的方向走过来。

两人边走边相谈甚欢的样子。

女孩穿了一身粉色的衣服，十分娇小可爱。

走了两步，显然亦欢怕小小的伞遮不住虽然不算大的雨，担心雨打在女孩身上，他非常自然地搂住了女孩的肩膀，两人缓缓地继续说说笑笑地向这边走。

25 > 喜卧室 日 内

七七忽地放下望远镜，十分气愤的表情。

这时，她突觉异样，歪头发现喜正跪在她身后，眼睛专注地和她盯着同一个方向。

七七傻了。

喜呆呆地看着外面两个人已经走到了窗前。看上去很颓。

窗对面的街边各有一排树。

这时，亦欢搂着女孩走到喜家正对面，女孩不知怎地，弯下腰系鞋带，亦欢就撑着伞帮她挡雨。

女孩系鞋带的时候，亦欢突然抬头看向喜的窗。

窗外的街　日　外

　　亦欢哪儿有了些变化，说不上来，是大学生的得意劲头？不知道。

　　他原来笑嘻嘻的脸，有瞬间复杂的表情。

　　女孩穿了一身粉色的衣服，在这个阴雨的天气里，看上去很娇柔美丽。

　　女孩一边系鞋带，一边仍面带微笑地抬头看亦欢。

喜卧室　日　内

　　喜呆呆地看着。

　　当亦欢看过来的时候，她突然怕亦欢看到窗里的自己，她迅速躺倒在床上，以一个因为迅雷不及掩耳所以无法找到舒适的姿势的姿势。

　　姿势十分可笑而古怪。

　　七七回头同情地看着她可笑的样子。

　　窗外的亦欢他们已经走了。

　　但喜看不到，在她的角度，只看见桌角的花瓶里插着的芦花。

　　她脸上眼泪开始四处奔流，虽然表情呆滞。

　　七七十分愤怒，要往外冲。

　　七：我去问他。

　　喜开口说话，声音嘶哑得吓自己一跳。

　　喜：别去。

　　七七在门口回头看她。

喜缓缓地坐起，退缩在墙角，还在以防外面的人看见她似的。她咳了两下，轻轻嗓子。

喜：就这样吧。

七七不解地看着她。

28 > 七七卧室　夜　内

七七卧室的窗前有一个天文望远镜。这个东西一直陪在她身边。

七七在床上摆塔罗牌，旁边还有白天那个望远镜。

眼有点肿的喜在旁边看着。

七七神色凝重，观察分析着。

喜沉不住气，说话声音有点噎。

喜：说什么？

七七看了她一眼，又看看牌。

喜：说什么了啊？

七：（若有所思地盯着牌面）你会被他抛弃……

喜一愣。

喜：（强忍着，说得轻快以示轻描淡写）我已经被他抛弃了。

七：（抬头极不忍心地清晰地说）……两次。

喜呆住了。

七七不忍心看她，垂下头一下一下无意地摔着牌。

29〉　（梦境）夜　内

　　一团黑暗。

　　喜显然对误入这样陌生的黑暗中深怀恐惧，她站在黑暗中前后左右上上下下地茫然看着。

　　她不敢动。

　　半天，她试着伸出手去摸，什么也摸不到，她感觉不到身处在什么空间里。

　　她的气息里可以清楚地听到恐惧。

　　她咬咬嘴唇，想发声但发不出来或者不知道发什么声音的样了。

　　她开始动，伸着手盲走，慢慢地，试探地。

　　高跟鞋清晰地发出"笃笃"的声音，在黑暗中很响，她显然吃了一惊，因为平时都是穿球鞋的。

　　她站住。

　　可见脸上的表情，快急哭了似的。

　　她甩脚上的高跟鞋，甩不掉，越急越甩不掉。

　　她在四处乱跑，冲不出去，披头散发，惊恐万状。

　　高跟鞋乱跑一气的叮咣五四的声音。

　　这个梦紧张，压抑，恐怖。

　　喘息，尖叫，哭泣。

　　此梦给人感觉是快速而摇晃、凌乱的。

　　瞬间，梦亮了，似乎黑暗给人撕破，突然就静止了。

30 > 喜卧室 日 内

喜正瞪着眼睛看着朝阳把纱窗的纹路细细地打在墙上。

眼角流出一行泪，向枕头上流去。

她并没擦。

侧侧身，把头转向一侧。

那些眼泪因为她转头，所以慢慢流回她的眼睛里。

31 > 双杠 日 外

两人都坐在双杠上，喜下意识地望着操场一角。

类似的天气，远处却没人再跳高。

七七一脸疑惑。

七：你梦里还有什么？

喜：（苦恼）没有了……没有情节，就是黑的，到处都是黑的，什么都看不见，走不出来。

七：那你怕什么？

喜：黑还不可怕吗？你不知道黑里有什么，可能对面儿就是一头狼，一个变态杀手。

还有比"不知道"更可怕的吗……

喜咕哝着。

七：可那是梦啊，梦又伤不到你，怕什么？

喜：（低低地）可我已经连着三天做这个梦了。

七七皱起了眉。

一会儿又笑了，扬起脸来，很自信。

七：所以我研究星相啊，星座啊，血型命理啊，解梦啊……你知道为什么？（不待喜回答自动揭晓）我也怕不知道啊！我脾气急，所以我要提前知道谜底。

七七说着说着就得意地笑起来了。

七：所有的事情我都要提前知道，做一个对命运有所准备的人，就不害怕了。

喜不吭气。

七：你不信啊？

喜想了想。

喜：我也不知道。

32 （梦境）夜 内

一片黑暗中。

喜在黑暗中呆立。还是不甘心。

她缓缓伸出手。

显然她看不见自己的手。

她选定了一个方向，一直一直往前走。

高跟鞋仍在响。

她缓缓地，仿佛是镇静地。

她深一脚浅一脚地摸到了墙，她就像一个盲人一样，微侧着脸感觉着，眼睛没有用，就用听觉似的。

她小心地试探着摸着墙往前走。

看得出，她急于走出黑暗。

突然一个拐角，冰冷的墙令她杵痛了手指，"啊"地叫了出来。

33 喜卧室 日 内

　　她躺在那儿，在朝阳中摸着自己梦中杵痛的手指，试着伸展着。

　　疼。她咧嘴，发出"嘶嘶"的声音。

　　她把手伸到阳光里，阳光把手的影子打在墙上。

　　她用手影做出狗的样子，孔雀的样子，兔子的样子……

34 教室 日 内

　　永亮把试卷发下来，喜呆呆地看着分数。

　　永亮关切地看着她。

　　亮：怎么搞的？

　　喜头都没抬，卷子也没看，直接塞进课桌里。

　　永亮尴尬，继续往后发下去。

35 学校门口 日 内

　　有蝉鸣。

　　七七和喜背着书包放学，往外走。

　　七：那你在梦里都干什么？

　　喜正经过那个信箱，下意识地又看一眼，空的。

　　她收回目光，简短地说。

　　喜：哭。

　　七七皱眉撇嘴。

　　七：不能不哭吗？

　　喜：（有点急）不受我控制！我也不想哭啊，可是管不住自己，就一直哭一直哭……你说做怪梦算不算生病啊？

七：胡说。

走远。

36 > **考场 日 内**

高考考场。每个人桌上都摊着准考证，贴着照片。

喜的准考证，照片是忧郁的。

她在埋头写。

窗外传来闷雷。喜看了一眼窗外。

马上，大雨瓢泼。

喜（OS）[1]：听说每年高考都会下雨，原来是真的。

可见七七也正眉头紧蹙地答题。

喜有点恍惚。

喜（OS）：（语气突然亢奋了）：让暴风雨来得更猛烈些吧！！！！

表面上看，却还是若无其事地答题。

和身边的考生无异。

甚至，她的脑海里哼起了歌。（由此引发出一段急促的音乐，直接至下一场梦境的黑暗里）

37 > **(梦境) 夜 内**

一片漆黑中，喜在跌跌撞撞。

还和之前几次梦一样。

[1] OS：话外音

但她似乎走得熟练点了。

甚至走到上次杵痛手指的地方，她娴熟地拐弯。

她看起来越来越平静。

突然，她跌了一跤。

她尖叫，大惊失色。

爬起来，坐在地上，她惊慌地以脚向下探索，一级一级，是楼梯。

到底是什么地方？她有种崩溃的绝望感，号啕大哭起来。那是与平日如此不同的放纵的哭。

音乐骤停，只有她的哭声在黑暗中飘远。

38> 考场 日 内

七七和喜并肩在窗前看着外面的雨。

喜永远是那么平静，根本看不出来她在夜晚的梦境里是那么歇斯底里。

有女生在雨里狂跑，尖叫，疯了似的。

有男生在大雨里把教科书扔了，把一堆复习试卷撕碎扔了，嗷嗷乱吼着。

都在歇斯底里地发泄着。

七七和喜却表情平静，十分专注地看着他们。并没有看对方。

七：你说，考大学是为了什么？

喜看着雨里那个疯了似的女生。有老师过去显然是在批评那个撕试卷的男生。男生不服地走开。

喜：为了离开。

雨越下越大了。

七：还做那个梦吗？

喜点了点头。

七七扭头看着她茫然的脸。

喜一脸疑惑。

喜：我要不要看心理医生？

七七夸张地瞪大眼睛。

七：他们自己就是病人（嘎嘎乱笑，自得于这句话）……
我帮你看吧，为了治你的病，我双管齐下，左眼学习弗洛伊德
右眼研究《周公解梦》。

喜觉得七七有点滑稽，但也明白她的善意，失恋后她第一
次冲七七笑了。

七七很欣喜。

七：咦？会笑啦？……你别急，慢慢做这个梦，我学会了
就帮你解。

喜脸上的笑变得有点取笑。

喜：你为了当巫婆，就咒我一直做这个梦？

七七拍了她一下。

七：没有啊——

两人又像从前那样看着操场笑了。

喜突然小声说。

喜：咱们再也回不去了。

七七也有所触动。

七：嗯，再也不能上中学了……你现在最想干什么？

喜突然歪头看着她，故做神秘地笑了。

39 > **商店卖鞋的柜台前 日 内**

七七和喜趴在柜台前认真地一双一双看着。

突然同时指着一双高跟鞋。

七、喜：那个！

然后得意地互相欣赏地看了一眼。

七：麻烦您，拿那双鞋我们试试……三七的。

售货小姐递给她们。

两人就扶着柜台边，一人试一只脚，然后把两只脚并在一起。

喜：真好看。

七七也觉得漂亮，她得意地以这只脚金鸡独立，觉得自己俨然高了很多。

但她有疑问。

七：（笑）真高啊……可我一穿高跟鞋就不会走道儿，老崴脚，你会吗？

喜：这就是我梦里穿的那双。

七七大骇，看着若有所思的喜。

40 > **（梦境）夜 内**

喜坐在地上，她摸着自己那双白天新买的高跟鞋，边哭边想似的。

然后，她以穿着那双高跟鞋的脚往下试探，发现是楼梯。

她一边哭着一边站起来，试着往下走去。

是楼梯，还有拐角。

她往下摸索着走着。

拐角之后，又是一处拐角，她继续往下走着。

高跟鞋发出的空洞的笃笃声在回响着。

看她的背影，似乎走向更黑暗的地方。

41 › 沙滩上 日 内

高考完的学生们在玩耍。

有打排球的，有游泳的，也有胡乱跑来跑去的。

穿着白衣白裤的喜坐在一个遮阳伞下，百无聊赖。

七七穿着泡泡纱的泳衣，躺在旁边喝着可乐，戴着墨镜看
《周公解梦》。

排球落到喜脚边，永亮在那边喊。

亮：七七——

七七不耐烦地看了他一眼，放下书，起身捡起来，打回去。

喜拿出一把指甲刀，想剪指甲。

七七看见，连忙阻止。

七：不要。

喜愣住。

喜：怎么了？

七：不要在白天剪指甲。

喜：为什么？

七：因为灵魂白天都藏在指甲里……

看着喜困惑的脸，她补充。

七：晚上，等它们跑出去玩儿了你再剪，现在会剪疼它们的。

喜笑了。忧郁的喜笑起来很好看的。

喜：胡说八道什么呢。

七：（也笑，但认真）真的，书上说的。

喜：你看的是什么神神鬼鬼的书啊？那你告诉我，咱们都能考上大学吗？

七：能。

喜笑得更开心了。

她收起了指甲刀。

阳光海浪，年轻的人。

喜站起来，双手插在兜里，低头在海滩上走，很落寞。

走得远了。

42 > *海边的旅馆房间里 夜 内*

喜的房间开着电视。但电视是无声的，荧幕的光映在她脸上，变幻莫测。

她举起手，对着光，看指甲。

然后开始剪指甲。

落地窗大开着。

外面传来人的笑叫声。

喜扭头往窗外看。

那显然是七七的笑声。

43 > *海滩上 夜 外*

穿着游泳衣下面围着一条布裙的七七在跑，拎着一个空的啤酒瓶子。

永亮在她身后，也没头没脑地跑。

44 > *旅馆房间里 夜 内*

喜起身，到窗前看着海边的七七和永亮等人。

看了一会儿，她抬头，看见满天的星星。

她看见了北斗七星。

她有瞬间的感动。表情安详下来。

45 > *海滩上 夜 外*

海浪不知疲惫地发出单调而有节奏的声响。

七七突然停住脚步，对大海的方向喊着。

七：我……要……爱……人……

永亮在她身后呆呆地看着她。

七七在那一刻显得极为动人。

永亮鼓足勇气，走上来，想说什么似的。

突然，七七又往大海的方向跑了几步。

七：（喊）大……海……我……叫……七……七……听……见……了……吗？一二三四五六七的七……记住……啊……谢谢。

最后的"谢谢"回复了正常的音调，非常平静，声音不大。

永亮被吓呆了。

亮：你怎么了七七？

七七回过头来，一脸平静。

七：没事啊。

亮：你喊的是什么啊？

七：我怕大海不知道是我要爱人，我要它记住我，不要把该给我的爱人给别人了。

永亮的目光慢慢变得极欣赏。

七七没工夫看他，抬头看天。她有点喝醉了。

她突然指向天。

七：流星，流星我……要……爱……人……

永亮连忙循声望去。

满天星。

46 ᐳ 旅馆窗前 夜 内

喜正微张着嘴看见流星划过。

眼里有点感动。

远处七七又开始跑，永亮又在后面马仔似的跟着。

47 ᐳ 海滩上 夜 外

喜，七七和永亮躺在沙滩上，星星就在他们头顶，美极。

永亮心里觉得幸福，他歪头看着七七。

亮：你想什么呢七七？

七七一脸憧憬。

七：我想……这么美的夜晚……还是应该和真喜欢的人在一起啊……

永亮一愣，鼓足了勇气。

亮：你真喜欢的人是谁？

七七不憧憬了，她的声音有点冷淡。

七：真喜欢谁不知道，但真不喜欢谁现在就能告诉你。

喜在黑暗中笑出了声。

七七说完，就站了起来，往旅馆的方向走去。

喜也站起来，跟在七七身后从黑暗的海滩往亮着光的地方走着。

永亮失望地看着她们的背影。

那种感觉，越来越远的感觉，像是自惭形秽似的。那两个笼在淡淡的光影中的年轻的美丽身影，离他像有一辈子那么远，总也够不到似的。

两个影子渐渐变得模糊、重叠、跳动。

48 > **清晨的城市街道　日　外**

人影幢幢，渐渐清晰起来。

是都市的早晨，一切显得干净美好，井井有条，充满了生活气息。

公共汽车穿行来去。

等绿灯的人们在变灯后纷纷蹬起了车。

人们都有自己前进的方向。

路边，与两方向的人潮都不搭界地，一个背着半新不旧的大旅行包的朴实男孩原地站着，四顾茫然，显得与周围格格不入。

他脸上有青涩、茫然，和一点胆怯的紧张。就像是一个找不到方向的人。

他不知道该看哪儿。偶尔看看擦身而过的人。

但没人看他。没人有工夫看他，大家都忙着去到自己的位置。

很明显，他是一个外来的人。

在他身边的人群中，迎面走来一个打扮成标准白领穿着高跟鞋的女孩，边走边打着电话，那是成年的喜。

喜脸上有淡淡的笑意。

她就像都市里上万个小白领中的一个，不起眼，但舒服。

喜：几点？……六点半啊？……

她下意识地往旁边看了一眼，与义生的目光交接。

但就是"看"本身的意义，只是看了一眼，和看了一棵树或看了别人一样，看了也等于没看，根本没看到眼睛里去，看谁都是看的"看"。

两个人又都往别的方向看去。

每天我们这样走马观花般看到的陌生人很多，除了老天爷，谁也不知道谁见过谁，即使有一天他们互相认识，也不会知道曾经某时某刻在街上互相看过。

喜：我今天要加班，晚点吧……你们别等我……（笑）没礼物……

渐渐与义生离得远了，她讲电话的声音也听不到了。

她的背影湮灭在人潮中。

义生又站了会儿，似乎胡乱找了个方向，也一头扎进了人潮。

49〉 **某写字楼的洗手间　日　内**

一个女孩的背影在镜子前，补妆。

还有两个女孩在抽烟。

某个门里有冲水的声音，然后一个大姐出来。

大姐去洗手，一边饶有兴致地看旁边的女孩补妆。

大姐：七七，你脸上的痣用遮瑕膏盖得住吗？

女孩扭脸冲她笑，成熟了的七七，标准套装。

七：为什么要盖住啊？

她在镜子里自我欣赏着脸上的七颗小痣。

抽烟女A：其实离远了也看不出来。

B：你可以去医院把它点了，很快的。

大姐：哎，痣可不能乱点，会改运的。

B：真的假的？

A：好像是有这种说法。

B不服气地想了想说：那要是把坏运气改好了呢？

七七笑了，拿了化妆包从她们中间走了出去。

出去后，几个人仍在对话。

大姐：（神秘地）我觉得七七的痣啊，其实不好，影响她的姻缘……所以到现在都没有男朋友。

A：其实很多人喜欢她啊……

几个人闲七扯八。

50 > 某迪厅　夜　内

里面拥满年轻男女。音乐热烈。人人脸带兴奋，甚至变形。

喜的主观视线扒拉开人堆往前走着。

喜不变的是脸上和眼中的茫然。

她显然不太适应这种时髦场所，有点躲闪地在人群中走着。有人与她对面走来，她都会主动让到一边去。

似乎有另外的主观视线在打量她并跟随着她。

随着她在人群中时出时隐。

51 > 迪厅某包厢　夜　内

喜的主观推门进去。

里面一派热闹。

也已经成熟了的艳丽的七七坐在正对面，一见她进来，马上跳起来。

七：喜——

喜笑逐颜开，把手里抱着的包好的礼物递过去。

七七跳过桌子，两人拥抱。

旁边有人问。

A：怎么才来啊？

喜放开手，不好意思。

喜：加班。

脸上有疲惫。但到底年轻，还好。

有人把蛋糕放到桌正中。

B：好了，人齐了，切蛋糕吧。

七七坐正。

C：点几根蜡烛啊？

D：二十三根。

七七伸手去打他们。

七：两根两根，两根就好了。

众人哄笑。

七七自己把两根蜡烛插上，点燃。有人把房间灯关上。

众：关灯关灯。

然后七七双手合十，闭眼许愿。周围的人开始唱生日快乐歌。

睁开眼，吹熄蜡烛。

灯亮起。

众人嗷地叫起来。

喜已经被众人推到七七身边。

在喧哗里，喜要大声问七七话才能互相听见。

喜：许的什么愿啊？

七七看着她傻笑。

喜：什么啊？

七七把两手放在嘴边，做喇叭状。

七：希望你再也不做那个噩梦……

喜马上被感动了，四周的声音似乎一下子就听不见了。

一切如同慢镜。

喜浅浅地笑了。

在众人的大笑狂笑中，七七冲她做鬼脸。

她们的友谊。

52 迪厅包房外 夜 内

喜举着一瓶啤酒从包房里出来，一到外面，那种熟悉的茫然表情又回到了她的脸上。

她左右看看，不知道往哪里走。

不远处，七七正和朋友在跳舞。

舞曲突然变成变奏的"生日快乐歌"，节奏铿锵。七七一伙高兴地跟着扭着，摇着手臂。

喜笑了，随便往一个方向走去。

站在某个柱子后面，似乎表示了安全，她静静地喝着啤酒，看着场上的一切。

突然，有个人从后面拦腰抱住她，她尖叫起来。

但尖叫在这种喧嚣里，也不为人所听见。

后面那人几乎要把她打横。

她伸胳膊踹腿用力掐打那个人的手臂。

手里的啤酒瓶里飞出酒沫。

她的协调感似乎还是不好，还是怪模怪样的。

抱她的人吃痛，松了手，蹲了下去。

喜回头，暴怒地看着那个蹲下的人。

那个人在揉胳膊。

喜：你干什么？！

那个人缓缓抬起头。

喜傻了。

是亦欢。

周围似乎又是安静的慢镜了。

亦欢站了起来，很高，瘦，酷，突然嘴角一提，笑了。

53 > 迪厅外 夜 外

亦欢和喜出来。一前一后，站在街边发愣。

显然亦欢喝多了，目光呆滞，脸全红了，摇摇晃晃的。

但还强撑着酷劲儿。

喜很老实很乖地跟在他后面，看见他的样子，露出一点担忧的神色，只是一点点，因为她似乎能跟着他，就很放心似的。

亦欢呆呆地走了几步，回头看见悄无声息跟在身后的喜，一把拉住她的手，接着往前走。

那样子，是有点霸道的。

喜有瞬间的傻。

也可能是喜悦吧。但只是一瞬间。她是那样内敛的人，所有的表情在她脸上都是一扫而过。

喜：（担忧地）你去哪儿？

亦欢没看他，只四下找着。然后冲一辆吉普车摇摇晃晃地走了过去。

喜跌跌撞撞地跟着，但眼睛里有小心的欢喜。

亦欢一路走一路用空出来的那只手摸兜，皱着眉头。

喜：你还能开车吗？

亦欢不理，自顾自地嘟囔。

欢：我的包呢？

两人走到车前站住。亦欢还在四下找。

喜：我来开吧。

亦欢看着她，呆呆地。

欢：我车钥匙不在身上。

喜：在哪儿？

欢：包里呢。

喜：包呢？

欢：车里呢。

喜被他的醉话绕糊涂了。

喜看着车，拉车门，锁着呢。

他们始终拉着手，没松开过。

喜：车呢？

亦欢指着车傻笑。

欢：锁着呢。

喜：钥匙呢？

欢：包里呢。

喜有点惊诧，被他逗笑了。

喜：包呢？

欢：车里呢。

亦欢看见她笑，也笑了，一副少废话的样子，一把搂住了她。

喜在他怀里，闭上了眼睛。

54 > 亦欢家外 夜 内

像喜梦里的楼一样，所有的门都锁着的。

只有一扇门下流泄出灯光。

几乎像是可视的喜的梦。

55 > 亦欢家里 夜 内

一盏台灯亮着，床上两个人在激烈地做爱。

喜在接吻的时候仍然睁着眼睛，眼睛紧张地转。

亦欢在她的上面。

她紧张地伸出手臂，把台灯关了。

56 > 亦欢家外 夜 内

楼道里全黑了。

57 > 亦欢卧室 日 内

亦欢在床上睡着。

洗手间里传来洗漱的声音。

58 > 亦欢洗手间 日 内

喜正在把头发扎起来。她的脸有宿醉的肿。

她轻手轻脚地出来，从床边拿起包，往门口走。

欢：嗨。

她回头，看见亦欢正看着她。

耍范儿的眼神。显然对感情很熟练。

她有点不好意思，站在那儿手足无措。

欢看了她一会儿，漠无表情地说：在一起吧。

喜还是呆呆的。

半天，往后退着，一边退，头一边随着点着，似乎在思考。抿着嘴，又像要掩饰住笑。

一直退到门口，并没回身，用手摸索着开门。

喜：好吧。

终于还是开不开，转过身来开，撒腿跑了。

亦欢看着撞上的门，轻轻笑了。

59 > 马路上 日 外

喜走出楼道，喜不自禁，本来抿着的嘴咧开了，露出牙齿那种笑，是高兴死了。

她伸手拦出租车。

上车前，她回过头，看着亦欢家的楼号标识，似乎要永远记住。就像当初亦欢看她家的楼号一样。

60 > 写字楼楼道里 日 内

七七举着手机从办公室里一溜烟跑出来，一脸焦躁。

七：你疯了？

她来回在不长的楼道里踱步。

七：什么？……什么啊？什么叫完成一个没完的梦啊？你不要和我说宇宙语！……噩梦也要完成吗？

一个年轻人从她身边走过，纳闷地看了她一眼。

七七明白失态，掩住口，走到楼道的角落，小声了点。

七：算什么啊？……你不记得我用塔罗牌给你算过？他要抛弃你两次！两次啊！……你笨啊……你不相信我，你不能不相信命啊……

刚才那个年轻人绕了回来，站到她面前。

她不耐烦地抬头看那人一眼，转过身要接着说。

偏偏那个人看着她笑了。

亮：七七。

七七愣了，看着面前的人。

是永亮。他不再戴那副丑丑的眼镜了，而且，他的脑门上有一颗极明显的大痣。

七七张开了嘴。

亮：你还记得我吗？我是永亮啊。

七七嘴里发出短促的"啊"的一声。

她下意识地"啪"地合上了电话。

61 > 员工食堂里 日 内

永亮和七七兴奋地坐在一起。

七七的眼神有点梦幻，她咬着手指甲，似乎如痴如醉地盯着永亮。

永亮被她看得不好意思了。

亮：干吗啊？我变化很大吗？

七：（傻乎乎地）很大啊。

永亮让她盯得傻笑着解释：我就是戴隐形眼镜了。

七：（暗暗地笑着）不是，不是这个。

亮：那是什么？

七七指指他的额头。

七：你这里……什么时候长了颗痣出来？

分明掩饰不住喜悦。

永亮有点不好意思地摸。

亮：不知道呢。毕业的时候，就一点点，很浅，没在意嘛，谁知道越长越大，而且长得很快，还鼓起来了……很怪吗？

他很不自信了。

七：不很怪啊，很好啊。

七七自得其乐地笑着。

永亮虽然不明白，但也跟着她傻笑。

没话说了，永亮只好又问：真的吗？

七：真的。

两人又傻笑着。

永亮的手指着她的脸，但不敢明显地指，手在桌子下面指，害羞地。

亮：你脸上也有啊。

七：是啊。

七七在永亮面前说话直来直去，像个傻子。

亮：七颗……（不好意思地）我数过。

（我希望这时候的永亮笑起来比较像《八月照相馆》里那个人，很温暖单纯）

七七笑。

亮：你没想过点掉吗？

七：（正色）嗯……会把运气坏掉。

亮：真的？……噢对，你最信这些事情了……那我的好不好？

七：很好。

永亮又笑。

七：（补充）点掉了说不定就不会遇见你了。

这话有比较明显的传情的意思，永亮接收到了，大喜，又不方便表现得大喜，只好顾左右而言他。

亮：我今天是第一天来这家公司上班。

七：以后就是邻居了。

七七那种高兴，是装不来的。

亮：（憨憨地）七七。

七：嗯？

亮：你好像对我比以前好很多啊。

七：（坦率地）是呀。

亮：为什么？

七：你猜。

（七七遇到永亮后的说话，总是接得很快，表现出一种傻气的高兴）

62 迪厅里 夜 内

热闹。

亦欢在DJ台里忙活着。他仍然是那样酷，不会笑似的。

舞池里的人随他播放的音乐在扭动。

某个角落的椅子上，喜躺在那儿睡觉。像完全不在同一个空间。

思思等人在音箱上领舞。

思思会在热舞的间歇用极热烈的眼光看着亦欢。

但亦欢只低着头，在DJ台上摆摆弄弄。

63 （梦境） 夜 内

喜的梦境中有着亦欢放的同样的音乐。显得这个梦非常热闹而现代。

喜快听得疯了，显然她并不喜欢这种音乐。她双手捂着耳朵，像孙悟空听见了紧箍咒。

她在黑暗中摸到了门的把手，她疯狂地拉着，但如何用力也拉不开。

她向前跑着，两侧都是锁得紧紧的门。

她没头苍蝇似的拧着每一个门。

拧不开。

突然间，她看见了光。

惊异的脸。

有一道门下，倾泄出黄色的灯光。

显然，音乐是从那个房间里传出来的。倍儿晕。

喜的惊恐的脸。

梦又像被人撕开，瞬间亮了。

64 > 车里 夜 内

亦欢在开车，喜偷偷掩嘴打了个哈欠。

亦欢看见了，伸手揉揉她的头发。

喜笑。

亦欢掏出烟，刚要点，又问：能抽烟吗？

喜：能。

亦欢点卜烟，摇下车窗。

向窗外深深吐了一口烟，烟迅速被吹到后面。

喜看他一眼，很欣赏，眼里有喜欢。

亦欢看她的时候，她已经转回头眼观鼻鼻观心。

欢：（欲言又止）你……

喜：嗯？

欢：没什么要问的？

他有点不安地等着她的回答。

但喜温柔地笑了。

喜：如果你想说，我不问你也会告诉我……要是不想说，我就算问出来，也是假的。

亦欢皱着眉头深吸一口烟，又吐到窗外去。他似乎不喜欢这么善解人意的人。

喜若无其事，似乎获得了内心强大的力量。

65 > 七七卧室 夜 内

卧室很乱，窗前还是那个小时候的天文望远镜。

七七穿着睡衣进来，一边仍在脸上抹着什么护肤品。没妆，脸上有点油亮。

她溜达到窗前，抹完脸，调整望远镜，看星。

一边看，一边开始笑。

眯着一只眼睛。

发出"嘻嘻"的声音。

满天星。

一会儿，她又把望远镜对准楼对面的工地。

调着清晰度。

望远镜里出现了塔吊，下面有一群人，里面有影影绰绰的人，有义生。

（没什么情节，但要明显让观众注意到这个人，或者明白到要注意这个人。可能他显得比别人有气质吧。）

七七好奇地看着。

66 > 塔吊下 夜 内

这群人似乎在讲解如何开塔吊，义生听得入神，偶然会抬头看看驾驶室和对面的楼房。

工长：义生，你怕不怕高?

生：不怕。

义生笑。脸上有兴奋和喜悦。

67 > 亦欢家 夜 内

浴室里传来洗澡的声音。

喜穿着睡衣在屋里溜达。

书架上放着几个镜框，里面有亦欢各个时期的照片。

她好奇地看着。

突然，她看到了亦欢的毕业照。

她把脸凑上去。拿起镜框。

镜框的边比较宽，遮住了原本该有她出现的地方，只看见一张规规矩矩的毕业照。

她从后面拆开镜框。很容易打开的。

拿出照片，她看见了当年的自己青涩的笑容。

她冲照片里的自己笑了一下。

又放回去了，把相框装好。

装好后，就又看不见她了。

她看着相框，看了一会儿，抹去上面的灰。放回原地。

洗手间里的水声仍在响着。

喜像有洁癖似的下意识地掸了掸手。

68 > 写字间里 日 内

永亮悄无声息地出现在门口的会客区。打扮停当，一副下班的样子。很安静地拿起放在茶几上的杂志翻着。

大姐探头探脑看是谁在门口。

这时，七七在身边一闪而过。

再看，门口没人了。

大姐冲旁边的同事啧啧称奇。

A捂着胸口会心地向大家笑。

A：野百合也有春天。

69 > 街上 夜外

七七愉快地挽着永亮在人流中走着。

义生一脸茫然地与他们擦肩而过。

马路上的人，看上去都有点小愉快，似乎生活很有方向似的，有来有往，只有义生站住了。

他看见路边的黄色大海螺似的电话，很好奇。

有人在那里表情丰富地打电话，看见他，有点嫌弃的样子。

义生走开了。

往前走走，又看见一个，他刚想过去看，有个人以为他要打电话，紧跑两步，先冲了进去。

拿出硬币塞进去，开始按电话号码。

义生不远不近地看着，观察着。

看了一会儿，他又漫无目的地往前走着。

地上有颗石子，他去踢，追着踢，因为无聊和寂寞。

他跟着石子走着，没注意来到医院的大门前，没注意身边的车。

一辆出租车"吱"一声停在他身边，他吓了一跳，抬头看。

出租司机探出头来骂义生。

司机：没长眼啊！看他妈什么呢?

车里的喜看了他一眼，并没有常见的都市人眼里的鄙夷和愤怒，而是一脸仓惶。

司机"轰"一声给油，飞快地开到医院里的急诊室前。

喜从车上下来，拎着包，飞奔进急诊室。

高跟鞋发出"笃笃"的声音。

义生好奇地看着车和她的背影。

70 医院 夜 内

喜一路懵头懵脑地四处问着，找着，终于摸到某个病房里。

她站在门口，用目光找着。

她是个克制的人，没有夸张的大动作。总是无意识地在人群后面。

71 病房里 夜 内

是一个群房，很多病患。

某角落里，那个打扮得极妖艳的思思正在大声哭。妆是花的，头发凌乱，身上有被撕破的痕迹，有血迹，手上也有。

她抓着一个人的手。

喜蔫蔫地走进病房，四下看着都没有她要找的人。

她往角落思思那探头看，然后就傻在那儿了。

思思握住的手细瘦而有气质，明显是亦欢的。

果然，那是亦欢的脸。

他脸色不好，似乎很不耐烦地闭着眼睛。

喜脸上的表情又变成呆呆的，半天，还是觉得应该过去。

她走过去，站在思思后面。

思思回头看了她一眼，没答理她，接着哭。

亦欢似乎突然意识到什么，睁开眼。

怔怔地看到喜。

他居然没有什么意外的表情。什么都没看见似的，十分平静。

喜茫然的样子。

72> 工地 夜 外

义生从外面溜溜达达走回工地。

一边走，一边伸着手傻乎乎地撑着自己的兜晃悠。

兜里就发出清脆的硬币碰撞的声音。哗啦啦的。

他觉得不过瘾，用手抓出一把硬币，又撒手听它们掉回兜里去的声音。

那些硬币在月光下晶晶亮的。

他就这样一脸满足抓撒着硬币穿过一片空场，往不远处睡觉的工棚走去。

月朗星稀，他边走边四处看着黑影幢幢的工地。

工地边，就是住宅楼。

可见有些住户家里开着灯。

某个窗前，就是看星星的七七。

义生往远处走去。

塔吊在夜里黑糊糊的影子。

73 > 医院病房外 夜 内 （与下一场穿插）

两个警察正在向思思问着什么，其中一个在记录。

喜在不远处靠着墙，也不是想听，但也不知道该干吗，总要明白。就在那站着。

警察A：……为什么找你麻烦呀？你是那迪厅的人吗？

思：（底气不足）是。

B一边记一边斜愣看她一眼。

A：职务？

思思犹豫了一下。

思：找领舞。

A和B同时盯着她，上下打量。

74 > （闪回）迪厅里 夜 内

（思思和三个地痞抱成一团，很乐的样子，眼睛却瞟着DJ台的亦欢。亦欢看见了，阴沉着脸）

B：里面那人和你什么关系？

这回思思毫不犹豫。

思：我爷们儿。

警察觉得丫还挺冲的，冷冷一笑，看了她一眼。

A：他是干吗的？

思：DJ。

B在记录，故意地问：DJ是干吗的？

思思一愣，没那么嚣张了。

思：（嘟囔）打碟的。

B：（咄咄逼人，成心）什么叫打碟的?

思：（无奈）放音乐的。

警察看到她丧气了，满意了。

喜看着他们，似乎一切与己无关，但眼里分明又有当年窗下的悲苦。

那边的讯问仍在继续。

喜轻轻走到病房前，在门口看着里面的亦欢。

亦欢脸色苍白，他的头被垫起来一点，正好可以看到她。

两人对视着，像是一场不动声色的较量，眼神看起来什么都没有，却也什么都有。

后面飘来讯问的声音。

A：他们用的凶器你看清了吗?

思：是弹簧刀……（哭起来了）

（众人不跳舞了。纷纷闪在一旁。亦欢动若脱兔，冲了上去，直抓滋事的人的脖领子。思思在后面拉他。亦欢一把推开她。她踉跄。）

A：捅了几刀?

思：两刀……（大哭）

（刀捅进亦欢的肚子，亦欢仍不示弱，双手还在挣扎着打人。

众人退得越来越远。

亦欢不支，倒下了。

思思当场大哭，蹲在他身边。

思：亦欢……你们倒是报警啊……报警啊……

他的手捂住肚子上的伤口，血正往外流着。）

那种哭声已经和喜身后的一模一样了。

A：你和那帮人什么关系啊？

思思张嘴就来。

思：不认识。

AB都不相信地看着她。

A：我再问你一遍，你和那帮人什么关系？

思思迟疑了一下。

思：（没底气了）没什么关系，就是在迪厅里认识的。

B：怎么认识的啊？

思：（更蔫了）就那么认识了。

思思垂下头。

B：（故意很大声）是搭讪认识的对吗？

思思不吭气。

A：你是成心的吧？对你爷们儿？是气你爷们儿吗？

思思都快哭了。

喜就一直看着亦欢，亦欢的眼神让人什么也读不出来。

两人似乎对那哭声都充耳不闻，与己无关似的。

然后，在背后的思思大颠大肺的哭泣和比比画画的背景中，喜突然缓缓地举起了双手，轻轻地挥了两下。口形说：白白。

于她，似乎这是一种下意识的礼貌，是客气。她脑子已经傻了，没有刻意设计该怎么做。

她只是觉得自己该走了。这一刻她眼里有悲悯和决绝。

她等着他是否回应。

他回应了。

他缓缓地从被子下面抽出右手，费劲地，也摇了摇，也是一个口形，看不出所思所想地，又是年少时那样漠然的表情，似乎是下意识地，也是镇静地：白。

然后他就紧紧地抿住嘴，是那么平静。一副付你走了就走了的样子。但也许他是为了抿住自己可能还要说话的冲动。

喜觉得是接到了一个可以走了的明示。那一刻，她感到一种蔓无边际的伤感和绝望扑面而来。

她努力平静着。

但喜的平静里充满了绝望，那种再也不会见到的绝望。

喜在他平静的注视里，转身走了。

沿着医院夜晚暗白色的走廊，越走越远。

后面的人仍在讯问。

思思似乎情绪十分激动，比画着，哭。但声音越来越远。

喜的双腿，加速，越来越快，在走廊里。

越来越暗。

75 （梦境） 夜 内

喜的双腿，高跟鞋仍在疾走，开始慌乱、踉跄。

变成纯黑。

压抑的哭泣声。

慢慢变成伤心地大哭。

前面有光。

她向光踉跄奔去。

突然，在光源附近站住，蹲下，哀哀地哭。

（哭声表达着她情绪的变化，释放。）

就在陷入这一片哭声中的时候，突然，门里有个声音问。

景：谁在外面？

无边的恐惧。

喜大骇。哭声骤停。她恐惧地盯着光源上面的门。

（表情的变化。）

一片死寂中。

景：是谁？

喜长身而起，飞速地向前奔着。

后面有人拉门，光如水银泄地。

一个黑影跟了出来，跑。

在黑梦中狂奔的喜，眼前渐渐亮了起来，能看见飞速退后的门廊。

76 > （梦境）楼梯 夜 内

下楼梯，跑。

完全是无意识地。

边跑边迅速地回头看着。

77 > （梦境）舞台侧面 夜 内

前面是一片黑色的幕布，喜妄图裹在黑布里，手忙脚乱，幕布被她裹得乱抖。

但那个人的脚步声越来越近。

喜无法，只好放弃幕布，再往前，她惊呆了。

78 (梦境) 舞台正中 夜 内

她发现自己站在一个剧场的舞台上，空旷的，陈旧的，似乎可以闻到那股不常被光临使用的空间里特有的霉味。

她来不及多想，飞快地跑下台侧的台阶，跑向后排座椅，埋身在椅下。

79 (梦境) 剧场 夜 内

脚步追到了台上，停止。

喜屏息静气。

一会儿，听见那人走向台侧，"啪啪"的声音，仿佛是推开电闸。

喜感觉到舞台上亮了起来。

她偷偷从椅缝里窥测，见一个黑色的身形笔直地站在台正中。

喜的大眼睛死死盯着那个黑影。

一个在明，一个在暗，但彼此都知道对方的存在。

那身影非常挺拔。

很久。

突然间，那人开口。语气比较平静，但也有压抑的不安。

景：你是谁？

喜咬住了嘴唇，生怕发出一点声音。

她惊恐的脸上还有泪痕。

等了一会儿，那人又问。

景：你有什么委屈？

喜一动不敢动。

那个黑影等着，因为不动，看不出他的心理活动。

他的声音突然温柔了点。

景：你说出来吧，说出来……就好受了。

喜不出声，甚至更往下缩了缩。

80 (梦境) 舞台上 夜 内

从舞台上看下去，可以看见喜藏身的角落，但什么都看不见。

81 (梦境) 剧场内 夜 内

那个温柔的男人的声音。

景：别憋着自己……有苦就发泄出来吧……没什么大不了的事（努力轻松地笑）……这世上能有什么大不了的事？（话语里有温暖的味道）哪儿摔倒的，哪儿爬起来，哭有用吗？

喜如梦方醒的脸。

很简单的话，但显然刺激了她。

梦又被白光冲入。

82 > 喜卧室 日 内

喜醒了。

她是非常激烈地从梦中回到现实中的，脸有余悸。

她看看枕侧，没有谁。什么都没有。

窗开着，风吹动窗帘。

喜起身，怔怔地。

她一把拉开窗帘。

阳光像梦里打开的门里的光一样水银泄地。

对面仍是有树荫的街。

她看着当年亦欢搂着女孩站着的地方，沉思。

脸上有南柯一梦，恍然大悟的表情。

也许是蜕变重生的表情。

83 > 塔吊驾驶室里 日 内

义生在塔吊里，他专注地开着塔吊。

对面是七七的楼。

塔吊升得还不算高。

生（OS）：这座城市永远在建设中，从没停止过……我和他们隔得很远，因为我在高处……

没人和我说话……

他在开车的间隙匆匆看着对面的楼。

他用力开着，胳膊上生猛的肌肉扭曲着。

84 > 对面楼里 日 内

　　从某些窗户里，我们可以看见一些年迈的老年人在楼梯间拎着蔬菜，一脸疲累地爬着。

　　有的房间里，老年人在孤独地看电视。

　　有的房间里，老年人在沙发上盹着了。

　　生（OS）：不过……没人可说话的人……挺多的……

　　塔吊臂扫过那些窗户。

　　里面的老人仍在寂寞着。

85 > 工地 日 外

　　可见塔吊明显地升高了一点。

　　义生把光着的脚丫子顶在玻璃上，脚底还算干净。

　　他在看着对面的人家发呆。

　　下面有人喊。

　　A：吃饭了吃饭了。

　　下面可见大家正在分盒饭。

86 > 塔吊驾驶室里 日 内

　　义生回过神来，把脚拿下来，穿鞋。

　　一边用手拎着后跟，一边还往对面看着。

　　他下去了。

87 > 对面楼里电梯间 日 内

　　某层，电梯停了，七七进了电梯间，然后关上了电梯。

从窗户可见对面的工地，塔吊。

88 **餐厅 夜 内**

喜一个人坐着，大眼睛里有心事，但含着笑，看得出是很努力的。

对面是欣喜的一对恋人七七和永亮。

七七掩饰不住的喜悦。

喜也笑着，有点失落的样子。

七：你有什么事要告诉我？

显然已经汇报完自己的事情。

喜显然是不想说了。

喜：没有啊，好久没见了嘛。

七七在欢喜中，失去了心细如发，没注意到老友的欲言又止。

七：是啊……哎，你还和那个坏人在一起吗？

喜轻轻笑了，摇摇头。

喜：没有……听你的，算了。

她没什么理由地拿起餐巾擦嘴。

七：这就对了。

永亮有点好奇地看着喜。

喜不与他直视。

七七突然指着永亮的额头。

七：你记不记得以前他这里没有痣？

喜这才连忙看着永亮。

喜：好像是啊……不过这样很好啊，丢了容易找。

喜故意用轻松调侃的语气。

七七和喜一起笑，永亮又开始不好意思。

亮：你们俩，这么多年一直还这么好？

七：那当然。

亮：女的之间能这样，挺不容易的。

喜微笑。

七：（拍着永亮的肩膀）我明白你的意思。不过我们俩审美观不一样，你放心吧，绝不会为了男的翻脸。喜就喜欢帅哥，没我这么务实。

永亮不好意思地笑。

晚餐的气氛顿时轻松。

喜放下了自己的心事，衷心地替老友高兴。

89 > 七七卧室 夜 内

七七和永亮在窗前。像小朋友一样乖巧。

两人身上还有高中时候的气质。像是那时的他们在一起。

七七摆弄着天文望远镜，永亮就插着兜在旁边看着。

七七好像弄好了。

七：好了……你来看。

永亮凑过来。

亮：什么？

七：北极星……下面那里是北斗星。

永亮眯起眼，认真地看。

七七有点期盼地看着永亮的反应。

甚至，她把圆圆的脸有点往永亮旁边凑。

永亮看完星星，转脸几乎碰上了她的脸。

他抿抿嘴。

七七保持着那个递脸的姿势，似笑非笑地看着他。

永亮紧张了，似乎出汗了似的。

亮：可以吗？

七七回答得极快，眼都没眨。

七：可以啊。

永亮咬了咬嘴唇，又抿了抿嘴唇，怕咬嘴唇的时候有口水让嘴唇太湿了吧。

他似乎做好了准备，轻轻地亲了七七的脸一下。

七七就还是那个递脸的姿势等他亲完了，若无其事地，脸还是那样递着，但得意扬扬地转身走了。

永亮在七七面前，似乎总是手足无措似的。

七七一头扎到枕头上，脸闷在枕头里，笑起来了。

永亮跟着坐到床边。

亮：（努力地）我还记得在海边……那是我们最后一次见吧……

七七翻转过脸，转着眼睛想。

七：是吧。

亮：你说你要爱别人……有没有啊？

最后那个问句是很小声很没有勇气的。七七明亮地看着他，看不出有不愉快，当然也看不出有愉快。

永亮紧张了，解释。

亮：那时候……好绝望……以为不会是我了……

七七听到这话，就笑了。

七：不是那时候的，因为可能是这时候的……当没发生的时候，谁都不知道会怎么样的。

亮：（笑）你不是都能预测？

七：（赖笑）你以为我是谁？

亮：我看你很自信啊……

七：这是一种心理暗示。气势……

她突然坐起来，向前方猛地打出去。

七：用气势压倒宿命！

永亮呆呆地看着她。

亮：可我觉得，再碰到你，就是我的宿命。

七七笑得很甜。这话真的很甜。

90 > 对面工地的塔吊里 夜 内

义生架着脚丫子在抽烟，看对面的楼里的七七和永亮。

不是猥琐的偷窥，是那种好奇的、渴望沟通的但又没什么希望的。

91 > 对面的楼里 夜 内

有的房间里，老年人还在孤独地看电视。

有的房间里，老年人还在沙发上盹着。

92 > 塔吊里 夜 内

义生的手无意识地伸到兜里。

兜里哗啦啦的硬币。

他突然穿上鞋，从塔吊迅速下来了。

93 > 街头 夜 外

义生在人群里走着。

街头很热闹，人来人往，情侣依偎，年轻的情侣，年老的情侣，但和他有什么关系呢。

他停住了。

他看见旁边有一个黄色大海螺的电话亭。

没人。

他犹豫了一下，走了过去。

94 > 电话亭里 夜 外

他一边看着指示的字，一边把硬币一枚一枚地塞了进去。

"嘟"声响了起来，他手足无措，因为他根本就不知道应该打给谁。

然后，他急中生智似的匆匆忙忙地按了一下"重播"。

电话接通了。

一个男的的声音，有点不耐烦地。

男：喂？

义生不知道该不该说话。

男：喂？谁呀？

生：啊……

男：谁呀？李强啊？你怎么还不过来啊？

生：……啊……

他挂了。实在不知道该说什么。

忙音。

他好像长出了一口气。

他看看电话机。上下摸了摸。

他又投进几枚硬币。

重播。接通。

那男的声音又响起来。

男：喂？……你说话呀……谁呀？

义生很紧张。

慌慌张张地又放下了。

他想了一会儿，大概弄明白了投币电话是怎么回事。

他从大海螺下面走了出来，往前走去。

亦欢正从旁边的一个店里走出来，站在门口点了根烟，四下环顾。

义生从他面前走过去，前面又有一个没人的电话亭。

他走了进去。

95 > 电话亭 夜 外

塞硬币，有声音，按重播。

通了。

A：喂？

生：（紧张犹豫地说出自己的第一句话）……你在哪儿？

A：废话，在家呀。你谁呀？

义生犹豫了一下。

生：你……能跟我说点什么吗？

对方愣了一下。

A：你找谁呀？

生：我就是……想……有个人和我说话。

他的语气和脸上的表情都很诚恳。

对方估计被吓着了。

A：你是谁吗？我认识你吗？

义生似乎为沟通进行不下去感到困扰。

他费劲地解释着。

生：我不是谁。

对方沉默了一会儿，"叭"地挂掉了电话。

义生从大海螺里出来。他茫然地继续往前走。

街上的人与他擦肩而过。

不引人注意的，也有亦欢。

96 〉 七七家卧室 夜 内

没开灯，月光照在地面上。

七七和永亮躺在床上。

亮：我从小的理想……

两人都望着天花板。

七：嗯？

亮：我每天都说十遍。

七：什么?

亮：我总有一天要娶七七。

七七冲着天花板笑了。

半天。

七：好吧。

永亮翻身坐起。看着身边的七七。

亮：真的假的?

七：真的。

亮：为什么?

七：因为你是永亮啊。

七七仍然一动不动,似乎在回味这一问一答。

97 > 工棚宿舍 夜 内

大家都睡了。

义生蹑手蹑脚地走了进来。走回自己的床。

他在自己的床上坐了一会儿,弯着腿。把脸放在膝盖上。

他看着周围的人的睡相。

他觉得很闷。

他把脸在膝盖里埋了一会儿,似乎有无限的失望。

懒懒地倒下了。

98 > 七七住的楼外 日 外

塔吊里的主观。

一点一点往上升。

但义生的主观似乎一直还滞留在七七家。只不过升上来后，他可以看得更清楚。看到房间的更多角落。

七七正在对着窗边的镜子梳头发，动作非常优美。

偶尔扯下梳子上的掉了的头发，扔在旁边的桌子上。

主观一直看着。

然后永亮入画，从背后。两人亲吻了一下。

两人又闹成一团。

99 塔吊里 日 外

义生看着。

他有点好奇。

100 七七家 日 内

永亮在背后抱着七七，看着镜子里的两个人。

七七轻轻撒娇似的甩甩他。

七：走了，上班。

七七走开，永亮仍然盯着镜子。

亮：七七。

七七往包里放着东西，有一搭无一搭地。

七：嗯？

永亮往镜子前凑了凑，摸着自己头上的痣。

亮：你说……我把这颗痣点了好不好？

七七反应很激烈，回头瞪着他。

七：不好。

永亮没注意她的情绪，自顾自看着，随口问。

亮：为什么？这么大，有点难看呢。

七：不难看。不许点。我脸上这么多呢。

亮：（回头看着她笑）你的那些都小嘛。

七：不行。喜都说了，这是你的记号，丢了好找，要是没了，我就不认得你了。

永亮完全没往心里去，一边还用手把痣遮住，再照镜子，觉得干净好多。

亮：结婚要有新面貌嘛。

七七在背后凶巴巴地盯着他。

喜家 夜 内

喜和七七像小时候一样歪在床上聊天。

七七仍坐在窗前，鬼头鬼脑地往外看着。

她家对面不知什么时候有了个黄色的大海螺似的电话亭。

喜在她身后问。

喜：为什么不让他点啊？

七：我觉得，点了的话，他就不是那个人了。

喜：（笑）那如果一个人喜欢你，又没有痣，是不是应该去文一个啊？

七：那不行，要天生的才对。

喜：怪理论。你已经迷信到荒诞的地步了。

七：屁……现在都是IP电话了，对面那个投币的怎么还没拆啊?

喜也探头看了一眼，又坐回去。

喜：不知道。

沉默了一会儿，七七回过身来看着喜。

七：你不再找他啦?

喜：从来也不是我找他……

七：如果他再来找你呢。

喜想了想。

喜：不会了。

七：为什么? 你为什么觉得他不会再找你?

喜：我不会再给他找到了。

102 > 喜家对面大海螺电话亭 夜 外

只能看见一双细瘦的骨节明显的手在往孔里塞硬币。

然后，那双瘦手开始按电话号码。

电话里传来接通的声音。

女子的声音。

喜：喂?

这人没吭气，沉默好久，那双手停了一会儿，挂上了。

103 > 街上 夜 外

一个高大的背影从大海螺里出来，缓缓地走开，走到了人流里。也许那就是亦欢吧。是。

一会儿，满脸迷惘与好奇的义生溜达了过来。

他进到海螺里。

104 > 喜卧室 夜 内（与下一场交插）

喜抓过正响着的电话。

喜：喂？

那边沉默了一下。

喜：喂？

生：你……能说出你生活里和二十三有关的事吗？

喜没挂电话，她也许觉得这话很有趣。她和一般人不一样。

喜想了想。

喜：我二十三岁。

105 > 海螺电话里 夜 外

义生很意外。他看了看电话筒，又看了看液晶显示的电话号码。

喜是第一个与他说起了话的人。

他沉吟了一会儿。

生：我比你小三岁。

喜有点纳闷，但也并没有防备。她坐在旁边的椅子上了。

喜：你是谁呀？

她的声音很温柔。

生：你不认识我……刚才谁给你电话了？

喜：不知道啊，没说话。

生很意外。

生：噢。

也不知道该说什么了。

生：……（尴尬地赔笑）你真不认识我……可能这儿除了和我一起干活的人……就没人认识我了……没人跟我说话……

喜：（沉吟了一会儿）你怎么有我的号码？

生：嗯……我最近发现可以在公用电话按那个……重拨，那边儿就有人说话了……不过……还是没人跟我说话……他们就都挂了……你是我重拨的第二十三个电话。

喜突然笑了。

喜：这还挺好玩的。

因为窗外的万家灯火，也因为下起了淅淅沥沥的小雨。

街对面，大海螺就像一把伞，安全地遮住了义生。

周围有人开始找地方躲雨。也有人跑到大海螺边上，但义生已经占了地方，他们只好走开。

生：你那儿下雨了吗？

喜看看窗外，窗外有大海螺。

喜：下了……我特别喜欢闻土被淋湿的味儿。

生：我老家，不用下雨，就是这味儿。

喜温柔地笑了。

喜：你是外地来的？

生：嗯……你是这儿第一个和我说话的人。

喜想了想。

喜：你想说什么呀？

生：我就是想听人说说话……你说吧，说什么都行……

（尴尬）要是你不想说，就挂了也行。

喜：（想了想）我给你讲我做的梦吧。

生：（喜悦）好呀。

雨渐渐大了。

电话听筒里喜的声音。

义生耐心地听着。

喜（OS）：我从上中学的时候开始，老是做同一个梦……

106 工地 夜 外

义生身上淋得有点湿地回来了。

他没带伞，但是脸上乐滋滋的。

他还是撑着兜，兜里的硬币愉快地哗啦啦地响着。

他一路小跑着往塔吊的方向。

雨渐渐停了。

喜（OS）：从那天开始，我再也没做过那个梦……可是，梦里那个人是谁？他长什么样子？他为什么会出现在我梦里？他是上天派来点拨我的吗？

107 塔吊内 夜 内

天黑了。

城市一片灯火。

在这个位置看，挺美的。

义生在里面发呆。

他看着对面的楼。

对面的楼里，七七正站在窗前玩天文望远镜。然后似乎听到什么，不见了。

七七卧室 夜 内

108 >

七七躺在床上，跷着二郎腿，脖子上夹着电话，手指头缠在一起，自己和自己玩。

她躺的位置，可以从窗户看见外面的塔吊。

七：我觉得是……真的，不然不可能长年做同一个梦，多少年了？……六年了？……我觉得，你总有一天会遇见你梦里那个人……（突然坐起）梦可不是随便做的。

她无意识地看着窗外塔吊的驾驶室，突然她看到了里面那个黑糊糊的影子。

她夹着电话走到窗边的望远镜前，对准塔吊的驾驶室，调试起来。

七：……肯定是个帅哥……说不定就是你将来要嫁的人，是你丈夫……（嘎嘎笑起来）

塔吊里 夜 内

109 >

义生也正看着七七。看到镜头对着他，慌了一慌，不自主地躲了一下。又意识到躲是没什么可躲的。

然后他就看见七七回了头。

七七卧室 夜 内

110 >

七七把电话按挂了。正要调得细致一点，身后门响。

她回头，看见永亮脑门上一大块紫药水，有点滑稽相地进来了。

七七脸色顿时苍白，大吼。

七：不是和你说了吗不要点不要点。

永亮赔着笑。

亮：嗨，谁想到涂了这么大一块药水，吓着你了吧。（像高伟宁）

七七气极，脸扭过去，坐在床边，不作声。

永亮走过去，搂她肩膀。

七：你是谁呀？

亮：怎么了七七？医生说了，过两天就好，应该看不大出来。

七：干吗要点这颗痣？

亮：（纳闷）不好看吗？我是想照结婚照的时候，这么大一颗痣照出来不好看嘛。点完了人也显得干净。

他轻快地说着，心里没有一点蒙尘的地方。

七七不再言语，肩膀一颠，永亮的手掉了下来。

永亮有点尴尬。

亮：别耍小孩脾气了……我以后所有的事情都和你商量好不好？

七：以后？你的痣已经没有了，你的运气也会改了。

亮：（微笑，深情地）我们不是要结婚了吗？能和你结婚，还会有什么不好的运气呢？

七七应该感动的，但七七漠然。

七：可是……我不认识你了。

亮：（一愣，又抚慰）别闹了，不就是颗痣吗？

111 > 塔吊里 夜 内

义生不知道发生了什么，皱着眉头纳闷。

112 > 七七卧室 日 内

永亮收拾好自己，看七七还在床上，过来轻轻叫她。

亮：七七，该走了。

七七略睁了一下眼，疲惫的。

七：我不舒服……今天不想去了。

亮：啊？哪儿不舒服？

他自然地伸出手去碰她的脑门，七七轻轻地闪了一下。

永亮不以为意，坚持碰。

亮：我送你去医院吧？

七：不用，躺躺就好了。

永亮"哦"了一声。

亮：那我帮你请假。

七：（有气无力地）好吧。

永亮走了。

七七看着天花板，发了会儿呆。

然后突然起身，到窗前，豁地拉开窗帘。外面阳光不错。

113 塔吊内 日内

正在看着她窗户的义生吓一跳。

一想到她其实看不清楚他，又放下心来。

七七又躺回床上去了。

114 七七卧室 日内

七七慢吞吞地收拾好床，坐着发了会儿呆。

然后找电话本，开始打电话。

她很严肃而着急。

115 塔吊里 日内

义生面无表情但专注地看着。

116 街上 日外

义生在小店里又换了一堆儿钢镚儿，转身出来，没走几点，正看见七七拖着一个大旅行箱迎面走过来。

义生其实并不清楚七七的样子，但他还是有点奇怪的感觉，七七走过他身边时，他情不自禁地看着她。

她走过去了。他一直看着她的背影消失在人群中。

117 街边的腌杂小馆 黄昏 外

市井处。类似簋街那样的地方。有卖唱的拎着吉他走来走去，探头探脑问吃饭的人"点歌吗？"

服务员进进出出端着菜和剩菜，手指头都杵到汤里，也不觉得烫。

天热，有些桌有些光膀子吃饭的人，满脸横肉。

还有边吃边抠脚的。

一群白领也混迹其中，坐在街边吃饭。

喜在中间，依然沉默的样子。

其他人都很开心。

喜身边的胖胖的俗气的辉一直很呵护她。看得出是喜欢她的。

辉给喜夹菜。

喜不易察觉地轻轻皱了下眉头，挤出一个客套的笑。

A：阿辉啊，你也太明显了啊。

辉大咧咧地笑。

辉：不服气吗？

众：我们服没有用啊。

众笑。

喜不动声色地喝汤。

这时来了一个外表蛮邋遢的年轻人，辉挥手。

辉：这儿，景波。

景波一屁股坐在喜的另一侧。

辉：介绍一下啊，这都是我同事，小玲，可文，大伟，这是喜。这是景波，搞摇滚的。

景：（笑着喷了）屁。你才是搞摇滚的，你们全家都是搞摇滚的，你们家邻居都是搞摇滚的。

辉：那你是搞什么的？

景波四下看了看，夸张地瞪视了一会儿，一副"你们居然不知道"的样子，半天说。

景：我搞电子的。

众人笑成一团，喜也笑了，虽然她觉得这没什么可笑的。

她注意到景波不修边幅地穿着一双破拖鞋，狂抖腿，十分伧俗。

辉一边笑着，一边假装自然地把手臂搭在喜的椅子背上。

喜目不斜视，坐得笔直。

118 街边小馆外 夜 外

酒过三巡菜过五味的样子。

那边卖唱的正在唱"夜色"，"阵阵风声好像对我在叮咛/真情怎能忘记……"，唱得深情而卖力，但旁边点歌的人都在埋头吃饭，跟没听见似的。

倒是这边的喜偶然心事重重地瞟过去一眼。

景波很兴奋的样子。

景：……不过也说不上是鬼故事，就是个怪事。

众人安静下来。

景：是我亲身经历的，所以还有点意思。

这时有个脏糊糊的卖花小孩过来，直把花杵到景波鼻子下面。

小孩：先生买花吧。

景波正说到兴起，很不高兴被打断，不耐烦地说。

景：不买不买。

小孩锲而不舍。

小孩：先生，姐姐多漂亮啊，买一朵吧。

众笑。

景波这才正眼看着这孩子，一字一句地教育他。

景：你就看不出来漂亮的姐姐和我没关系吗？去去，冤有头债有主，找姐姐那边那个长得跟大款似的那个，对对，去。

他伸手赶着孩子。

小孩马上冲辉过去了。

小孩：先生给姐姐买朵花吧。

喜一副与己无关的样子，低头喝汤。

辉喜不自胜，马上掏钱。

辉：来……（琢磨了一下）一朵。

小孩收钱走人，众哄。

辉把花递给喜，自己有点不好意思，但喜眼皮都没抬，用没拿勺那只手接过花来，仍在喝汤，迅速地低声说了句：谢谢。

众又哄笑。

天已经黑了。

景波怕话题转移，连忙灌了口酒接着说。

景：哎哎接着说啊……那会我刚到文化馆，家住得很远，就想晚上住在那儿，不用每天把时间花在路上……

众马上认真而投入地配合着严肃的表情，表示听进去了。

景：结果有些人就跟我说，别在这儿住，这儿闹鬼。我说不会吧，这社会主义中国，能有鬼吗？他们就说，前两个月有人夜里值班，听见楼道里头老有女人哭，还有脚步声走来走去的……

（此处画面为喜的黑梦，在黑暗中走不出去，哀哀哭泣）

景：……吓得根本不敢开灯不敢出门，一晚上都没敢起夜，早上给尿憋坏了。"

众大笑：真的假的？你就爱吹。

喜突然觉得有点不自在，下意识地搂了搂自己的肩膀。

辉看见了，没说话，把自己的外套给喜披上。喜没吭声，任他披了。

景：真的真的……我不信那个，我长那么大，就听说过没见过，怎么也要让我见一回，我坚持住下了。结果，嘿！

他一抹嘴，把一只脚从拖鞋里抽出来，踩到凳子上，手比画着。

景：有一天夜里我正扒带子呢，真的听见外面有个女人在哭，声音还挺大，绝对不是幻觉！

他适时地停住，整个排档的人都不出声，等着下文。

119 （闪回） 文化馆宿舍里 夜 内

景（OS）：给他妈我吓坏了，整个人在椅子上抖，根本动不了。你想啊，那么大的文化馆就我一个人，屋里也没电话，让鬼弄死都找不着人求救……

景波在屋里紧张地听着，在座位上一动不敢动。手里紧紧地攥着笔，不由自主地趴在桌子上。

外面传来哭声。

景（OS）：后来我就琢磨，她哭什么呀？哭，肯定是委屈，那她肯定不是什么厉害的鬼。我一大老爷们，又没做亏心事，我不怕鬼叫门。

景波坐立不安，百爪挠心，想欠身，又不敢，脸上的表情都有点扭曲了。

景（OS）：然后，我就隔着门大声问……

景波突然开口，紧张地，但尽量掩饰着紧张。

景：谁在外面？

外头突然就一点声都没了。

景（OS）：给我吓的，她没声儿了，有反应呀，更不是幻觉了。

景波站起来，然后侧耳贴在门上听。

景（OS）：然后我就听见"噔噔噔噔"，脚步声往远里跑，估计这鬼还穿的是高跟鞋，特别响……

（画面应为喜梦里的跑）

景（OS）：我一听她跑，那我还怕什么呀，明明是她怕我呀。我就追出去了，我一定要把这事弄清楚了。

景波拉门往外跑，外面楼道里一片黑暗。咚咚的高跟鞋声越来越远，景波撒腿追着。

下楼梯，跑。

完全是无意识地。

跌跌撞撞地追逐。

前面是一片黑色的幕布，景波一把拉开幕往前冲。

前面是舞台。

景波愣了愣，跑到舞台正中。

景：（OS）这个鬼一直跑到连着我们办公楼的文化剧院，没声儿了。我就站在台上。

120 > **小饭馆外 夜 外（与下一场交插）**

镜头对着景波，旁边的喜的脸是虚掉的。

大家全是非常投入的呆若木鸡状。

景：那么大的剧院，一点声音没有。我在台上站了半天……

景（OS）：后来想起来到侧幕把台上的灯打开了，一想我在明处，她在暗处，我看不到她……

台下一排排空的座椅，什么都没有。

景波看了一会儿，走向台侧，"啪啪"的声音，仿佛是推开电闸。

舞台上亮了起来。

景波紧张不安地四下看着。哪里都没有人影。

景（OS）：不过我为什么要看见她呀，她要是特难看我不是自己吓唬自己吗？

紧张的众人也笑起来了。景波更来劲了，口沫横飞，满脸跑眉毛。

景：我想这鬼肯定有一肚子委屈，我开导开导她，想开了以后别吓人就得了。我就站台上，跟诗朗诵似的，说——

121 > **（闪回）剧场 夜 内**

那在喜梦里挺拔的身材其实看仔细了是打扮得十分邋遢的

景波，甚至他穿的拖鞋还是今天穿的破烂拖鞋。

很久。

景波开口。语气比较平静，但也有压抑的不安。

景：你是谁？

景：你有什么委屈？

他的声音突然温柔了点。

景：你说出来吧，说出来……就好受了。

那个温柔的男人的声音。

他挺胸撅肚的样子很可笑，旁边有人哄。

辉：瞧你丫那德行。

终于，我们可以看到喜的表情。

喜笑不出来，她呆呆地举着花。

辉看她一眼，有点不放心，又看一眼，再看一眼。

景：（笑着解释）我是真想把她劝明白喽……（把烟屁掐在盘子里）特别苦口婆心，又说"你知道吗？人不能憋屈着自己，有苦就要发泄出来，没什么大不了的事，这世上能有什么大不了的事？哪儿摔的跟头哪儿爬起来，哭有什么用呢？"

景波看着阿辉，希望他支持似的。因为讲得兴奋，支在椅子上的脚一直狂抖。

众人笑得前仰后合。

辉：（笑）行啊你，跟鬼讲道理。话是废话，但是废话倒没什么毛病。

景：（自负地做了一个平静的收尾的动作，把手低低从桌上的菜上掠过）从今以后，这文化馆再没闹过鬼……

他得意地观察着众人的反应。

景：你们信吗？

众人做思索状。

突然，旁边有一个细小的声音。

喜：你能带我去看看那个剧场吗？

景波一愣，众人也有点愣。

但景波看来难得被人感兴趣，他兴冲冲穿上拖鞋，一挥手："走。"

122 > *海边 黄昏 外*

七七坐在礁石上看着海浪。

七七和亮的电话（OS）：我想出去走走。

亮：为什么？至于生那么大的气吗？

七：我就是想出去走走。

她的目光懒散，没有斗志，一副丧失了对生活的兴趣的样子。

亮：请假了吗？

七：请了……

电话挂断的嘟嘟声。

七七跳下礁石，开始奔跑。

就像多年前的小时候。

她越跑越远。

海天合一。

满天星光。有月亮。

123> 剧场 夜 内

喜镇静地端正地坐在观众席上，看着台正中的景波。

景波正口沫横飞、比比画画地和辉说着什么，脏糊糊的上衣，挽着的裤腿下露出的浓重的腿毛，脚上一双画着NIKE标志的盗版蓝色拖鞋。两人在推推搡搡地表示亲热。

喜坐在那里，置身事外似的审视着。

突然间，她温柔地笑了。她笑着摇了摇头，似乎是在笑自己曾经的傻气。

喜（OS）：不是他……当然不是……没有传奇……只有巧合……生命也不过是个巧合……我会平凡地生活下去，到死。

喜站起来，往剧场外走去，慢慢地，带着笑容。

景波和辉在台上看见了。

辉：你去哪儿?

喜不知道有没有听见，她愉快地走出了剧院。

外面，好像是一片豁然开朗的地方。

可以看见背景的辉从台上跳了下来，追上来。

124> 喜卧室 夜 内（与下一场交插）

喜躺在床上接着电话。

喜：（笑）又没话说了……

125> 大海螺 夜 外

义生也笑。

生：是呀……

喜看起来十分愉快，活泼得很，和以前的呆滞完全不同，记得她小时候都是呆滞的。

喜突发奇想的样子。

喜：我给你唱个歌吧？

生：好啊。

喜：你等等啊。

喜光着脚跑到地上，到抽屉里乱翻一气，终于翻出一个旧本子。

她跑回床上，打开本子，翻到某页。

喜：听呢吗？

生：听呢。

喜咿咿呀呀地唱了起来，一首非常老非常好听的歌。

喜：轻叹着那夜星啊，

多么使我心伤，

月儿依稀在告诉我，

那已残缺难以捕捉。

啊月儿呀星儿呀！

何不指引我，

难道不明白人儿寂寞，

今夜漫长……

义生听得感动了，眼睛里似乎有泪在闪。他努力不让眼泪掉下来，努力看着远处，看向更远的地方……

这时，下班的永亮一脸颓废和疲惫从大海螺旁走过。

义生看着对面的楼。

生（OS）：我知道不是，但我就是总把电话里这个女孩想成是她……

126 〉 海滩 夜 外

七七躺在沙滩上，像是睡着了。

夜风吹得她的裙子飘。

（喜的歌声仍在响着）

127 〉 写字楼 日 内

众人正在工作，有人轻敲了下开着的门。

永亮抬头看，是七七公司的大姐，她拎着个包。

永亮的额头已经恢复了光洁。

大姐冲他笑笑。永亮有点惊异。

大姐过来，把包放在他桌上。

姐：七七辞职了，她的东西是不是放在你这儿？

永亮惊住了。

姐：（吃惊）你不知道吗？

128 〉 七七家 夜 内

永亮在疯狂地翻着东西。

翻一切有可能有蛛丝马迹的东西。

地上摊了很多书，星相书，星座书，塔罗牌……

桌上有一层厚厚的尘土。

突然，他捡起地上的一本《麻衣神相与星宿故事》，那年在地铁里七七看过的。

永亮坐在那里，一页一页地翻着。

然后他停住了。

某一页上，那上面有一张脸。

那是七七的自画像。

但让他目瞪口呆的是，那张脸上，和七七脸上同等的位置，是北斗七星。

永亮翻开下一页。

那是他的脸。

在他的头正中，是北极星。

永亮苦苦思索，而不能相信的样子。

亮：靠。疯子。

彻底颓了。

129> （闪回） 夜 内

少年时期的七七对着镜子，用一支彩笔把自己脸上的北斗七星图形的痣连起来，然后嘿嘿傻笑着自我欣赏。

又一溜小跑到洗手间去了。

耳边似乎传来她的不绝于耳的笑声。

130> 七七家 日 内

一双手在收拾摊在脚边的那些散乱的书。

是七七回来了。

她收拾着屋子。

她看见了那本永亮翻过的书。

默默收起来。

她脸上的七颗小痣十分清晰。

她慢慢收拾到窗前。

看着对面的塔吊。

131 塔吊里 日 内

义生正在微笑地工作。

义生和喜的电话（OS）

生：我们是一样的人吗？

喜：（肯定地）一样，我们都一样……

工地热火朝天，有条不紊。

义生看见了窗前的七七。

底下有人吹哨示意。

义生听见了，用手势回应，他要升上去了。

他升着。

看着七七渐渐比他低了。

132 七七卧室 日 内

七七眯着眼，迎着光看着塔吊在往上升。

133 塔吊 日 内

义生的主观。

义生的表情十分孤独。

天气极好，雨过天晴，阳光不强却透亮地从他的身后照过来。

塔吊的影子，映在对面楼的墙壁上，驾驶室里有一个模模糊糊的影子，在墙上被放大了好多倍。

义生（OS）：我曾经度过很多这样的黄昏，每到这个时候，我觉得很孤独……直到她说，我们都一样……

太阳慢慢向西移动，终于到了那一刻——驾驶室的影子落在七七的窗上。此刻，她正站在窗前，交叉着双手。

她并没抬头。

义生慢慢张开双臂。

他像鸟一样的投影，把七七和她的窗，抱在怀里。

图书在版编目(CIP)数据

青春期 / 赵赵著

－北京：中国青年出版社，2008

ISBN 978-7-5006-8232-5

Ⅰ.青… Ⅱ.赵… Ⅲ.长篇小说－中国－当代

Ⅳ.I247.5

中国版本图书馆CIP数据核字（2008）第076391号

作　　者：赵赵
责任编辑：王飞宁
装帧设计：瞿中华
出版发行：中国青年出版社
社　　址：北京东四十二条21号
邮　　编：100708
网　　址：www.cyp.com.cn
营销中心：010－84039659
编辑电话：010－64010551
电子邮件：wangfeining@126.com
印　　刷：三河市君旺印装厂
经　　销：新华书店
规　　格：889×1194　1/32
印　　张：10
字　　数：100千字
印　　数：1－20000册
版　　次：2008年6月北京第1版
印　　次：2008年6月河北第1次印刷
定　　价：25.00元

本图书如有印装质量问题，请凭购书发票与质检部联系调换　联系电话：010－84047104

照片提供：《青春期》剧组

爱像那昨天

站在夜幕吞噬前的一瞬间
记忆点燃一支烟点燃一支烟
想想最后谁还会在谁身边
会是谁谁谁还会不会

那些爱过的人伤过的人哭过的人恨过的人在哪里
一路上还有多少雨水泪水等我去回忆
有时世界仿佛只剩一半
有些骄傲随着时间流走被冲淡
有人站在旷野独自呼喊
有些忧伤不知何时会消散
有人站在心里停止不前
有人站在原地等着一切再出现
是我的爱情自我欺骗
像是昨天 像是那昨天*

是否曾有某人在某个时间
牵着手幻想明天谁也不改变
对着天空说一定要爱很远
到现在是谁忘了当初的勇敢

就唱一首歌给自己听
忘记你声音 忘记你身影

ISBN 978-7-5006-8232-5

9 787500 682325 >

定价：25.00元

责任编辑：王飞宇　　装帧设计：谢中华